探偵ザンティピーの仏心

小 路 幸 也

幻冬舎文庫

探偵ザンティピーの仏心

プロローグ

人は誰でも〈秘密〉を抱えている。

〈秘密〉という言葉の響きが大げさだと言うならば、単に隠し事でもいい。まだ人生の意味さえ摑《つか》めないローティーンの子供たちにでさえ、親に言いたくないことのひとつや二つはあるものだ。

しかし子供ならば、秘密も隠し事も「可愛いものだ」で済むだろう。

大人の場合はどうだ。

その隠し事が本当に小さな些細《ささい》なものなら、単に人生を彩るエッセンスとして苦笑いで終わらせることもできるが、重大なトラブルになりかねない大きな秘密もあるだろう。むしろその割合の方が高いかもしれない。

探偵の飯の種はそれなのだ。

探偵は他人が抱えた秘密や隠し事を暴《あば》いて報酬を得ている。

むろん、私たち探偵は依頼されて初めてその秘密を暴くのだ。勝手に暴いてむやみに売って歩く三流タブロイド紙記者とは違う。

人間として当たり前のことだが、できれば誰にも迷惑を掛けたくない。などと奇麗事は言わない。私が仕事をすることによって誰も不幸になってほしくない、などと奇麗事は言わない。秘密を暴いておいて誰一人も傷を受けないなどということは有り得ない。依頼人はともかく、それと知らずに暴かれた方はたまったものではないだろう。それは理解できる。当たり前だ。隠しておきたいから秘密なのだ。

だが、探偵が調査して得た他人の秘密をぺらぺらと吹聴して回るはずがない。守秘義務というものはどんな仕事にもついて回るものだし、探偵の場合のそれは鉄則だ。決して破ってはいけないものだ。

だから、襲われたのは逆恨みなのだ。私は決して探偵の信条を汚すことなどしていない。

そして自慢ではないが、私は紳士だ。女性に手を掛けることなど考えたこともなかったのだが、さすがに自分の命まで狙われてはその信条をその場では放棄せざるを得なかった。

私はまだ生きていたい。

生きて、仕事をして稼いで、日本の温泉に行きたい。なんだったら余生を日本の温泉地で過ごしてもいい。

『だったら、今後は枕の下に拳銃を置いておくんだな』

『そうするよ』

見舞いに来てくれたバートンは、私が以前に日本土産に買ってきてやった扇子をひらひらと動かしながら笑う。

『まぁとにかく無事で良かった。あんたがいなくなると困るからな』

『どうしてだ』

『あのビルで家賃を滞納して大家に頭を下げる仲間が減っちまう』

確かにそうだ。二人で笑い合ったのだが、笑うと傷が痛い。

『笑わせるな』

『いない間、部屋を使っておいてやるから安心しな』

『シャワーは使っていいから、机の上だけはいじるなよ。それとシモーヌには手を出すな』

了解と手を振って、ついでに立派な腹を揺らせてバートンは出ていった。あの腹だったらきっと私のように女に切られても脂肪止まりで内臓にはまったく届かないだろう。そういう意味では羨《うらや》ましいが、そうなろうとはまったく思わない。

見舞いは俺の笑顔だけだと言いながらも、煙草をワンカートン置いていってくれたのはありがたい。胡散臭《うさんくさ》い貿易商であることは確かだが、仕事抜きで付き合う分には気のいい男だ。仕事上の信頼はできないが、男としては信用できる。

『しかし』

一人になって、溜息《ためいき》をつく。

一ヶ月もの間病院のベッドの上というのは、まったく気を滅入らせる。

私は私立探偵だ。自分で動かなければ仕事は片づかない。動けないということは、即《すなわ》ちその間の収入がまったくないということだ。ここの治療費は請求できるとして、そして病院にいる間は食事の心配をしなくてもいいが、退院後しばらくはどうやって暮らしていけばいいのか。

銀行口座の残高が退院後の一ヶ月、さらには仕事がまったく来ない場合の一ヶ月の間の一日三食を保証しないことは、いくら考えても確かだった。まさかのときのために隠してあるお金も、滞納している家賃できれいになくなってしまうだろう。

溜息をつくと腹の傷も、折れた肋骨も痛んだ。いや痛んだのはハートだったのかもしれない。

ノックの音が響いた。てっきりバートンが忘れ物でもしたかと思えば、ドアを開けてゆっくりと姿を現わしたのは、ディヴィッド・ワットマンだった。

『デイヴ！』

『よぉ』

口髭が歪《ゆが》んで、笑顔が弾《はじ》ける。ミッドナイトブルーの市警制服のままということは、仕事の合間に来てくれたのか。

『すみません、わざわざ』

三十八分署の交通課で〈雄牛〉と呼ばれる古参の警察官。ディヴィッド・ワットマン。どんなに困難な現場にぶち当たっても沈着冷静に、その巨体をゆっくりと真実に向かって進めていく〈雄牛〉。

賭けてもいい。ニューヨーク中の警察官に信頼できるのは誰だと訊《き》けば、全員が真っ先に彼の名を挙げるはずだ。警察官を首になった私がいまだにあれこれ便宜を図ってもらえるのは、全て先輩だったディヴィッドのお蔭だ。いくら感謝してもし切れない。

『逆恨みの女に金玉を切られたって？』

『そんな話を広めないでくださいよ。切られたのは腹です』

『ハラキリか』

笑う。

『いくらニッポンが好きだからってそれはやりすぎだな』

『まったくです』

ぐるりと病室を見回す。

『個室とは贅沢《ぜいたく》だな。最近は金回りがいいのか？』

『全部クライアント持ちですよ』

退院後の生活費をどうしようか考えていたところですと愚痴をこぼした。デイヴは、だったらいいか、と言いながらズボンのポケットから二つに折り畳んだ封筒を取り出し、私の腹の上に載せる。

『これは？』

『署の連中からのカンパだ』

『なんですって』

驚いて封筒を取り上げた。厚みから判断すれば二ヶ月分ぐらいの食費にはなるのではないか。デイヴが軽く手を振った。

『気にするな。今回の事件を解決したのは紛《まぎ》れもなくお前の手柄だ。面倒臭そうなヤマを身を張って片付けてくれて殺人課の連中も感謝してる』

『後が怖いですね。退院して顔を出したら何を言われるか』

きっとデイヴが分署中、一人一人回って集めてくれたのに違いない。そうでなければあそこの連中が私にカンパなどと。

『勤務中なんでな。養生しろよ』

『退院したら、顔を出します』

そう言うと、デイヴは背中を向けながら軽く左手を上げた。そのミッドナイトブルーの制服の背中は、いつ見ても本当に広かった。

手にしていた封筒の中身は見ないまま、枕の下に仕舞い込んだ。後でアシスタントで使っているシモーヌも顔を出すはずだ。彼女に預けて銀行に入れておいてもらおう。

とにかく、これで退院後の三度の飯の心配はしなくていい。

マクラミンの代理人が私の病室に姿を現わしたのは、退院まであと一週間ほどかという月曜日だった。

自分のミスで私が重症を負ったというのに直接の詫《わ》びの言葉ひとつなく、しかも代理人を寄越したというのは理解する。ただでさえこの事件で注目を浴びてしまったのだ。おそらく仕事にも支障を来していることだろう。この上さらに私と関わってどこかの記者に写真に撮られるのは勘弁なのだろう。

だがしかし、マクラミン＆ペレケーノス事務所自体は、痴情の縺《もつ》れで社長の腹違いの妹が殺されたぐらいで屋台骨が傾くほど脆弱《せいじゃく》な経営ではないだろうし、事実、新聞報道を鵜《う》呑《の》みにするのならば、世間はトラブルに巻き込まれたマクラミンに同情する声が多いようだ。

『それは確かですね』

代理人だという弁護士キース・ベイン氏は、さして面白くもなさそうな顔をしながらブリーフケースから書類を取り出した。

『そして、マクラミン氏はあなたに感謝していますよ。仕事ぶりにも満足しています』

『そうかね』

まぁここの入院費は全部持ってくれているのだからそうなのだろう。それは私も感謝している。

『電話の一本でもくれればこちらもお礼を言えるんだがな』

そう言うと、キースはまたしても生真面目そうな顔で頷《うなず》いた。

『マクラミン氏は入院費用を持つだけでは、まだ足りないと考えているのですよ。あなたへの感謝は』

『なんだって？』

『退院後の静養を保証するものを彼はわざわざ用意したのです』

静養？

『どういうことだ』

『退院後もしばらくは激しい運動などはできませんね？』

医者にはそう言われている。ゆっくりとリハビリしろと。

『マクラミン氏は言ってました。彼はそこらにいるような卑しい男ではない。高潔な魂を持った男だと。治療費まで払ってもらってその上退院後にこちらの費用で静養しろと言っても受けはしないだろう、と』

そんなことはまったくない。

喜んで受ける。

マクラミン氏はどうやら私のことを誤解し、かなり買い被《かぶ》っているようだが、光栄な誤解はそのままにしておこう。

『私にどうしろと？』

そこで、キースはようやく笑顔を見せた。いやひょっとしたら唇を歪めただけかもしれない。

『彼は、あなたへの依頼人を自ら用意してきたのです』

『仕事のか？』

『そうです』

それはなんともありがたい話だが、退院してすぐに働けというのでは静養にはならないだろう。そう言うとさもありなんと頷く。

『簡単な仕事です。ある女性のボディガードです』

『生憎《あいにく》とタフガイじゃないんだ』

このニューヨークで、マンハッタンで探偵をやっている以上、自分の身を守るぐらいの術《すべ》は心得ているが。

『ましてやこの身体《からだ》では、女性を守ることなんかできそうにない』

『言い直しましょう』

キースはにやりと笑った。

『エスコートです』

『エスコート？』

『あなたは世界中どこに行っても言葉に不自由はしないのですよね？　英語はもちろん、フランス語イタリア語ロシア語ドイツ語スワヒリ語中国語もＯＫ。そして、日本語も』

その通りだ。実は日本以外は、そのどこの国にも行ったことはないのだが。

『耳が極端に良いと』

『たぶんね』

そうでなければ私のこの能力は説明がつかない。

わけのわからない言語でも、話を聞いていればすぐにその発音に耳が慣れ、単語のひとつひとつを摑めるようになり、意味を確認していき、やがて構文を理解して会話が出来るようになる。

その気になれば、おそらく二、三時間程度もその人と話していれば、基本的な日常会話ぐらいは覚えられる自信があるのだ。

人種の坩堝《るつぼ》であるアメリカのニューヨークで探偵などという、いやそれ以前の、警察官などという仕事をしていると様々な人種と深く関わることになる。むろんアメリカでは大抵の人間が英語を話すが、その人の母国語を使って会話した方が、その人物の心情の深いところに触れることができるケースがままある。

そしてそれは、警察や探偵の仕事を円滑に進めるのには、かなり有効な手段だった。

だから、私は優秀な刑事だったのだ。そして今は有能な探偵だ。

『残念ながら会話が出来るだけで、読み書きは出来ないのだがね』

キースは感心したように首を二、三度振る。

『そのあなたの能力を存分に発揮できるニッポンへ行ってもらいたいという依頼で

す』

なんと。

『それもあなたが愛して止《や》まないというニッポンのオンセンへ、一人の女性に同行するだけという簡単な仕事です。何も危険なことはありません』

日本の、温泉へ？

1

「驚いたね。見上げたもんだよ屋根屋のふんどしってね」

誰もいないのだが、日本語で呟《つぶや》いてみた。

上がる湯煙に障子を模した木枠の壁。木目をふんだんに生かした内装。そう、雰囲気は確かに〈温泉〉だ。

だが惜しむらくは浴槽が木ではなくプラスチックのジャグジーで、さらには水着で入らなければならないという点だ。ホットタブと称するからには確かに全裸で入ってはルール違反なのだろうが。

「これでもっと日本情緒ってぇのが表現されてりゃあよ、完璧だったんだけどよぉ」

ふんだんに木が用いられた造りのバス内は確かにアジアの雰囲気がある。

だが、アジアなのだ。これは決して日本の雰囲気ではない。

一度でも日本の温泉に行ったことのある人間ならその違和感に気づくだろう。たとえば、日本の温泉ではあんな大きな壺に観葉植物を入れて湯殿に置くことなどしない。

この辺はオーナーの好みなのか勘違いなのか、あるいはアメリカ人のニーズに応えた結果なのだろうか。

マサチューセッツ州ボストン。

ニューヨークからさほど遠くないとはいえ、この町に来たのは初めてだった。そしてこんなところに人気のスパがあるというのも知らなかった。

〈イースト・ヘブン・ホットタブ〉は、広い敷地内にゴルフ場と宿泊施設といろんな種類のホットタブを備えていた。

近隣はもちろん、離れた地域からのリピーターも多い娯楽施設だそうだ。スキンケアサービスも好評だというから、基本は女性に対してのサービスが多いのだろう。現に私もここに来てから眼にしたのは七割ほどが女性だった。

さらにオーナーのエド・ヒースウッドはこの施設に使われている様々なホットタブの販売施工も行っている。

仕事である以上、クライアントの身上調査は必要不可欠だ。ただでさえ探偵の仕事は怪しげなものが多い。怪しげな依頼をするクライアントがどういう人間なのかは、調査中の身の安全を確保するためにもしっかりとしておかなければならない。もちろん時間の余裕があればの話だが。

今回は言うまでもなくしっかりと時間はあった。何せ病院では何もすることはないし、真っ当な企業であれば電話とファックスで大抵のことは調べられる時代だ。

〈イースト・ヘブン・ホットタブ〉の経営者であり、今回の私のクライアントであるエド・ヒースウッドは、言ってみれば立身出世タイプの実業家だった。

この世に生まれ落ち、他人に見つめてもらったその瞬間にはもう孤児だったらしい。痛ましいことだが、世の中にはそんな話はざらにある。母親も父親もわからず、名前は施設の経営者からつけてもらったらしい。

だがしかし、そんな境遇にもかかわらず生来明るい気質の子供だったようだ。自分の境遇を呪わず、人の施しを受けながら暮らしていくことを卑屈に思わず恩だけを心に刻みながら成長し、自分で働きながらも大学まで卒業した。そこで学んだ建築学が、現在の仕事に繋《つな》がっている。

人間の気質というものはどういうふうに決まるものなのか。もう忘却の彼方だが大学で学んでいた頃に私も何度も考えた。幸福な家庭に生まれ育っても犯罪に手を染める者もいる。エド・ヒースウッドのように生まれ落ちた瞬間に孤児であっても、このように立派な経営者に育つ者もいる。

日本の温泉のイメージをホットタブに持ち込んだのは、大学時代に日本に留学して、温泉の素晴らしさに触れたからだそうだ。もともと大学でも日本の建築物は学んでいた。アメリカにはないそのシンプルさに魅《ひ》かれていたこともあった、と資料にはある。

卒業後にいくつかの幸運に恵まれてこの土地を手に入れ、設立した〈イースト・ヘブン・ホットタブ〉は、多少の誤解はあるようだが日本情緒が人気を博し経営は設立から二十年間、急激ではないが常に右肩上がりだ。とりあえずクライアントとしてはまったく問題がないように思われる。

しかも、仕事の話は置いといてまずはホットタブをどうぞ、というのだから。さらに細かい話はそこでしましょうと。

「粋ってもんだねぇまったく」

充分に温まった身体を少し冷やそうとホットタブから上がり、備えてある木製のデッキチェアに座る。これも、実は日本的ではないが、まぁ許そう。用意されている冷たい水でも飲むかと思ったときに、これも日本風に引き戸になっている扉が開いた。

『やぁ、お待たせしました』

　エド・ヒースウッドだった。今年で六十歳になるとは思えない引き締まった身体に紫色のパンツ。私に与えられたのは緑色だったのでいろいろ種類があるのかもしれない。

『ご一緒させてもらいますよ』

『どうぞどうぞ』

　肩に掛けた白いバスタオルをひょいと外《はず》して椅子の背に掛け、座る。少し遅れて入ってきた従業員の女性が手にしているのはシャンパンクーラーか。ご馳走していただけるのか。

『どうですかうちのホットタブは』

『正直に言っていいんでしょうか』

　どうぞ、とウインクした。

『この部屋のインテリアからニッポンの温泉をイメージしてしまったので、そういう意味ではお湯の温度はぬるかったですね』

　あぁ、とエドは苦笑した。

『ニッポンの温泉というものを実際にご存じなのですね』

『多少は』

ついこの間行ってきたばかりだ。むろん、それが初めての経験だったのだが、その良さは十二分に堪能できた。エドは頷き、立ち上がってタブに浸かったので私もそれに倣《なら》った。

『やはりアメリカ人にはあの熱い温泉に素っ裸で入るという感覚がつかめませんのでね。どうしてもこういう感じになってしまいます』

『でしょうね』

『しかしですね』

エドはにやりと笑って人さし指を立てた。人懐っこい笑みはきっとこういう商売には適しているのだろう。

『今度新しく建てようとしている〈ムーン・ハウス〉は凄いですよ。本格的な日本の温泉とまったく同じような施設です。何せ湯船をヒノキで造るのですから』

『それはすごい』

『ヒノキの湯船の良さをご存じですか』

もちろんだ。あそこでもさんざん浸からせてもらった。肌に接する柔らかな質感といい、あの得も言われぬ薫りといい、最高だ。エドは大きく頷いた。

『さらに、その名の通り、月を観ながら湯船に浸かれるという趣向を凝らします。だから〈ムーン・ハウス〉なのです』

『なるほど』

そのワビサビともいうべき情緒がここを訪れる我が同胞たちに理解されるかどうかは別として、間違いなく私は一度は利用しようとするだろう。

『今まではこの手の』

エドはタブを軽く叩く。

『プラスチック製のものを主流に販売してきましたが、今後は木製のバスというものも家庭用にして販売する計画もあります。アメリカのログハウス風ではなく、あくまでも日本の湯船ですね』

『そのために、娘さんを日本の温泉に？』

『そうです』

にこりと微笑《ほほえ》んで頷く。

それが、代理人のキースを通じてマクラミンが持ってきた私への仕事の依頼だった。

仕事上の付き合いがあるエド・ヒースウッドの長女、パトリシア・ヒースウッドの日本への渡航に同行し、彼女の身の安全を確保し健康に留意する。名目上はボディガードだが日本ほど安全な国はないのは誰もが知っている。

従って実質上の、ただのエスコート。

そんなにウマイ話があるものかと正直私もかなり疑ったのだが、ここにこうしてあったのだ。

『先程少しお話を伺ったのですが、娘さんと血の繋がりはないとか』

パトリシア・ヒースウッドは好意的な笑顔で私を迎えてくれた。あまつさえ退院したばかりの体調まで心配してくれた。いい子だった。

娘ではあるけれど、血を分けた子供ではない。それは別に隠していることではないと彼女は教えてくれた。エドは頷きながら、上がりましょうかと私を促し、デッキチェアに座る。揃いのユニフォームを着た美女が持ってきていたシャンパンクーラーから瓶を取り出し、開ける。

『どうぞ』

遠慮せずにいただく。まったく退院したばかりでこんな贅沢な時間を過ごしていては本当にバチが当たるのではないか。

『パットもまた孤児だったのですよ』

ほんの少し憂いを含ませた笑みを見せる。それも本人から聞いた。

『私は女性に縁がなかったわけではないのですが、どうにも結婚生活をうまくできない男のようでしてね』

『人それぞれですよ』

私もそれに関しては何も言えない立場だ。

『パットの他にもたくさんの孤児を引き取って育てられているとか』

『偽善だという人もいますがね』

そんなことはない。偽善で七人もの孤児を引き取り育てられるはずがない。

『パットには才能があるのですよ。大学で建築の他に経営学も学びました。いずれもトップの成績で卒業しています。将来はここを彼女に任せようと思っています』

できれば世界中のこういう施設に出掛けさせて、見聞を広めてやりたい。今回の日本行きはその一環でもあると聞いた。

『しかし何故《なぜ》、ホッカイドウに？』

そうなのだ。私がエドの娘、パトリシアをエスコートして向かう先はなんとまたしても北海道なのだ。

もちろん、日本は温泉大国だ。どこの場所に行っても素晴らしい温泉は多々あるが、日本の温泉を研究しに最初に行くのならばもっと有名な場所はいくらでもあるのではないか。クサツ、アタミ、ハコネなどなど。

エドはそうですね、と頷く。

『実は、私は大学時代にそこに留学していたのです』

『ホッカイドウに？』

『サッポロという街です。ご存じですか？』

もちろんだ。冬季オリンピックが行われた街。自慢ではないが私のスキーの腕前はなかなかのものだ。

そこの大学に留学したエドは一年間を過ごし、たくさんの友人を得たという。

『その中でも、いちばんの友人がトモノリ・イワタニでした。彼はサッポロからほど近いジョーザンキーという温泉町の出身でね。そこでもっとも古く格式ある温泉旅館の息子だったのですよ』

『Joe, Than, Key ?』

暗号のような名前の町だ。残念ながら聞いたことはない。

エドは『ジョーザンキーですよ』と私の発音を直したが再度聞いても彼の発音では『Joe, Than, Key』にしか聞こえない。まぁいいだろう。大体、そういうような名前なのだ。

『ではそこで日本の温泉を初体験したというわけですか』

『そうなのです』

それ以来日本を訪れる機会には恵まれなかったが、トモノリ・イワタニとは終生の友情を誓う仲となった。そしてイワタニ家の温泉は強烈にイメージに残り、ここを造るときにも写真を送ってもらって参考にしたという。

『今もイワタニはそこで温泉旅館を経営しているのです』

パトリシアはそこにしばらく滞在する。それに私は同行する。エドはグラスを一気に飲み干して言った。

『リーブズさん』

『ザンティピーでいいですよ』

ではザンティピーさん、とエドは微笑んで言う。

『大学も卒業した娘の旅に何故ボディガードをつけるのか、不思議でしょう』

『そうでもないですけどね』

肩を竦《すく》めて見せた。

『日本は安全な国だ。私も訪れたことはありますが、その清潔さと人々の優しさは驚くべきものでしたよ。だから若い女性が一人で観光をしてもまったく問題ないと言えますが、とはいえ父親としてはご心配でしょう。それは当たり前です』

エドは頷く。たとえ、実の父親ではないとしても、二人の間にしっかりとした親子の愛情と信頼関係があることは、この僅《わず》かな時間でも感じられた。

『実は、ボディガード以外に、もう一つあなたにお願いしたいことがあるのです』

『ほう』

そうだったか。何か別の目的があったのか。

『イワタニには息子がいます。ユウヤという名前で、二十九歳になります。旅館の三代目ですね』

『なるほど』

温泉旅館の三代目とはどこかで聞いた話だがまぁそれはいい。

『実は、イワタニとは、パットとユウヤを結婚させようじゃないかと昔から話していたのです』

なるほど。

『正式に婚約を？』

エドは苦笑いして首を振る。

『そんな時代ではないでしょう。結婚するかどうか、いや付き合うかどうかさえあくまでも本人たちの意志次第です。何せまだ写真でしかお互いを知らないのですから』

『そうでしたか』

あくまでもまだ親が冗談でそう言っているという話か。

『が、私もイワタニもそれを望んでいるのは事実です。そして我が〈イースト・ヘブン・ホットタブ〉とイワタニの旅館〈イワタニヤ〉が合併して、日本とアメリカで仕事としても、そして新たな家族としても大きな前進ができればいいと考えているのです。ザンティピーさんには、二人の初めての出会いを確認して、そうして二人がうまく行きそうかどうかをきちんと調べてほしいのです』

そういうことか。

言ってみれば〈お見合い旅行〉なのだな。日本で〈お見合い〉という社会慣習的制度が確立していることは私も知っている。

エドは続けた。

『トモノリが善き人間《よ》であることは私が保証します。しかし善人の息子がそのまま善人になるとは限らないのが世の常です。ユウヤがパットにふさわしくないのであれば、もしくは二人の気が合わないのであれば、この話はなしにするときちんと確認し合わなければなりません。トモノリとの友情のためにね。もちろんそれと合併の話はまったく別です。親戚にならなくとも仕事は出来ますからね』

『わかりました』

『そしてもうひとつ』

ほんの少し首を傾《かし》げる。

『パットは良い娘なのです』

私も同意の印に頷いた。ここに来てすぐに、ほんの十分ほど話をしただけだがそれは充分に感じられた。

『ただの良い子ではなく、私に恩義を感じている。いや、感じすぎている』

『感じすぎている？』

『私とイワタニが、二人が結婚してくれれば嬉《うれ》しいなと思っていることを、常々そう話していることをパットは知っています。もし私が、結婚しろ、と命令すれば、あの子はきっと首を縦に振るでしょう』

理解した。

『引き取って育ててもらったことを、彼女は何よりも感謝しているのですね？　自分の気持ちを優先させることよりも』

『その通りです。ですから、そこも含んであなたに見て判断してほしいのです』

了解した。

決して無理強《じ》いはしたくない。しかし放っておけばパットは何も言わずに、自分の気持ちを押し殺してでもそのユウヤという男と結婚してもいいと言うだろう。それを避けるためにも第三者である私の眼が必要というわけだ。

それは理解した。

しかし、まだ疑問は残る。

『そんな娘さんの人生の重要な決定を、私の判断で下していいのですか？』

本来ならばそれは父親の役割だ。エドは、私の顔を見てニヤリと笑った。

『私も商売人です。何かの決定を任す人間のことを調べないはずがありません。貴方《あなた》は』

私の体を指差す。

そこにはいくつかの傷がある。真新しい腹の傷も。

『他人の幸せのために自分を犠牲にしてでもそれを守れる男です。探偵としても人間としても超一流ではありませんか』

思わず尻が浮きそうになった。そこまで持ち上げてもらえるような男でないことは確かなのだが、娘の幸せを祈る父親の気持ちは理解できるつもりだ。娘はいないが、どんなことがあっても幸せになってほしい妹はいる。

私がサンディの幸せのためならこの命を賭けてもいいと思っているのと同じに、エドもパトリシアの幸せを願っているのだろう。それは、理解できる。

『わかりました』

右手を差し出すと、エドが握り返してきた。ホットタブに浸かったばかりの、文字通りの熱い握手だ。

『責任を持って、日本へ同行して帰ってきます』

☆

再び日本を訪れるのは一週間後と設定された。その間に、私は少しでも体力を回復させなければならない。いくらただ女性をエスコートするだけとはいえ、海を渡る海外旅行はそれだけで体力を消耗する。

つまり、この一週間は仕事を受けずにひたすらにのんびりするのだ。元より退院後一ヶ月は静養するようにと医者にも言われていた。幸いにものんびりできる余裕が財布にはある。まったくデイヴのお蔭だ。後で顔を出しておこう。

日本に行くのだから妹のサンディにも連絡をしておこうかとは考えたのだが、一応は仕事で行くのだ。観光ではない。向こうに寄れるかどうかも判らないのに、連絡してがっかりさせても可哀相だと考えた。向こうに着いて、もし顔を出せるようなら連絡するのがよいだろう。その方が驚かせることが出来るかもしれない。

そう、私の妹であるアレクザンドラ・リーブズ。いや、今はカサジマ・アレクザンドラだ。

サンディは日本にいるのだ。

しかも、ホッカイドウ ル・モエ市のオ・ヴィラという町の〈ゆーらっくの湯〉という温泉旅館で、若女将《わかおかみ》をしている。

サンディとは十三歳、年が離れている。むろん血の繋がった妹だ。

私の両親と同じように、小さい頃から成績が良く、真面目一筋の女の子だったサンディは、ロサンゼルスに留学してきた〈ゆーらっくの湯〉の三代目、リュウイチ・カサジマと恋に落ち、結婚して日本に住むことになった。彼女は温泉旅館の若女将として生きていく決意をしたのだ。まったく大したものだと思う。

アメリカから遠く離れた日本に永住を決めること自体が相当勇気がいることなのに、その上に温泉旅館の若女将だ。やりがいはあるだろうが、厳しい毎日を想像することは難しくない。日本人にとってそういうところのしきたりとかそういうものは非常に大切なものだというのは承知している。

幸い、カサジマ家の皆は、その周りの友人の皆さんともども、とても優しい人ばかりだった。アメリカ人であるサンディを嫁として歓迎してくれていた。

不肖の兄としても、その様子に心底ホッとしたものだ。

サンディは幸いにしてこのろくでなしを、尊敬する兄として愛してくれている。

「ティップ」と私を呼んでいた幼い頃の二人の日々を思い出せば自然と笑みが浮かぶ。

懐かしき兄妹の幼き思い出だ。

せっかく入った警察を辞めて、探偵などという人様の秘密を嗅ぎ回るだけの卑しい商売をやっている男など汚らわしいと両親は思っている。実際この数年、両親の顔を見てもいないし声も聞いていない。それはまぁ、いい。私自身はこの仕事に誇りを持っている。自分の親にそれを理解してもらえない悲しみはあるが、それは人生におけるアクセントというものだ。

妹は、サンディは私を理解してくれている。それだけでいい。

机の引き出しを開けて、そこに入っている写真を取り出した。

一年と少し前の夏、サンディの招きに応じて、オ・ヴィラの〈ゆーらっくの湯〉を訪れたときに皆で撮った写真だ。これを送ってくれたのは、仲良しになったジュンとマコという〈ゆーらっくの湯〉の近所に住む子供たちだ。

『また今度、サインボールを送ってやろうか』

ジュンは野球が大好きなのだ。幸いにも私には多少のコネがある。以前も約束した通りサインボールを送ってあげたのだ。

思えば、あの夏。

最初の日本の、温泉旅館での日々は、悲しき過去が唐突に私の前に現われた。

誰かに埋められた人骨があったのだ。

それは誰なのか、何故ここにあるのかを、ジュンの小学校の厚田先生とその恋人であり、サンディの義妹となった実希子と一緒に追ううちに、私はサンディの家となった〈カサジマ家〉の過去に触れることになったのだが、その詳細をサンディは知らない。

知らなくていいことなのだ。

人間、知らなくていいことを知らずに幸せに暮らしていけるのなら、その方がいい。

『皆、元気でやっていることだろうな』

今度会うときには、ぜひサンディの子供の顔を見たいと思っている。私にとっての、甥か姪だ。きっとサンディに似た可愛い赤ちゃんが生まれるだろう。

サンディが生まれて我が家にやってきた日を、まだ私の家族が幸せな家族でいられた頃の日々をよく覚えている。

私は自分に妹が出来たことが嬉しくてしょうがなかった。そして赤ん坊というものはこんなにも柔らかく頼りなくそして愛らしいものなのかと驚き、喜んだ。ベビーシッターなどは雇わずに私が面倒を見ると言って両親を苦笑させたものだ。

私が子供好きなのは、そこが原点なのかもしれない。捜査中に街を歩いていても、子供の姿を見かけるとつい頬が緩む。エレベーターで赤ん坊を連れた女性と乗り合わせればつい赤ん坊をあやしてしまう。公園でバスケットをする子供たちに混じって遊んでしまう。だったらさっさと自分の子供を作ればいいじゃないかと言われるのだが、残念ながら良き父親にはなれそうもない。

結局私は、その両親を苦笑どころかそのまま苦悩させる大人になってしまったが、サンディがその代わりに親孝行をしてくれた。そういう意味でも、サンディには心から感謝している。

唐突に事務所のドアが開いた。

『おはよう、ザンティピー』

『おはよう』

シモーヌが顔を出した。相変わらず奇抜なファッションだ。

『シモーヌ』

『なに？』

そのものすごい配色の、ラスタカラーのニットのタイツはどこで手に入れたのかと訊きたかったが止めにした。

『今日は来る予定はなかったはずだが？』

タイツとは逆にシックなブルーグレーの帽子を脱いで、シモーヌは微笑む。

『講義が休講になっちゃったの。暇だったから』

暇でこんなみすぼらしい探偵事務所にやってくるのだから、余程の暇人なのだ。

『ちょうどいい。来週からしばらく事務所をあけるから、その間の留守番を頼む』

シモーヌの笑顔が見えた。

『仕事が入ったのね？』

昼ご飯がまだだというシモーヌと一緒に〈リックの店〉へ出掛けた。ハンバーグだけが妙に旨《うま》いという店だが、最大の美徳は安いということだ。むろん、安いとはいえ、彼女に奢《おご》ってあげる余裕など私にはない。常に割り勘だ。

大学生ではあるが二十八歳という立派な大人の女性であり、おまけに親の遺産のお蔭で何も仕事をしなくても、贅沢さえしなければ生活していけるという女性だ。私が食事を奢る義理などない。

あるとするなら、探偵というものに憧れてはいる妹に、そんな危ない仕事をさせたくないという彼女の兄のために、まったく必要もないのに私の事務所のアシスタントをさせるぐらいの義務だ。

まぁしかし掃除をしてもらえるのは非常に助かっている。

『日本へ？』

『そうだ』

『また妹さんのところへ？』

今回は違う。大まかな仕事のあらましを説明しておいた。アシスタントとして事務所で留守番をしてもらう以上、ボスが何をしているかは把握しておいてもらわなければばならない。ハンバーグを頬張りつつ、シモーヌは微笑む。

『いい仕事ね。楽で』

楽になるであろうことは間違いないが、他人に言われると少し頭に来る。

『とにかく、いない間の留守番電話を頼む』

『わかったわ』

依頼の電話が一本でも入れば御の字なのだが。

『そういえば、先日アーノルドから電話が来たの』

アルノルド、とイタリア風に発音した。

『元気だったか』

元気よ、と微笑む。

警察時代、私の同期だったアーノルド。彼もまた、私と同じで妹を心から大切にしている兄の一人だ。

『もう少ししたらのんびりできると思うから、ゆっくりあなたに会いたいって』

『わかった』

最愛の妹であり、たった一人の家族になってしまったシモーヌにさえ言えない類《たぐ》いの仕事を、つまりは潜入捜査を常とする部署にいるアーノルドとは、互いに互いの〈遺言〉を持ち合う仲だ。私の数少ない親友だ。

アーノルドと親友になった契機を挙げれば数限りなく出てくる。私たちは、互いの背中を預けるバディとして長年やってきた。彼が私の命を救い、私が彼を危機から救った。その逆もそう。潜入捜査で麻薬中毒になった彼を元に戻すために四六時中一緒にいたこともある。そしてその、逆もだ。

互いにいつどこで命を落とすか判らない職業に就いている。現に私は危うく命を落としそうになって退院してきたばかりだ。

アーノルドと交換している遺言というのは大げさなものではない。

死んだとき、それぞれの持ち物や秘密にしておきたいものをどう処分したらいいかを書いたものを持ち合っているのだ。

だから、彼と会うときには旧交を温めるのが主な目的であることは確かだが、会っていない間に出来た、お互いの柵《しがらみ》を確認し合い、遺書を書き直すのが常になっている。

もし今度会うことができたのなら、私は日本で出会った友人への贈り物を書き添えることになるだろう。机の引き出しに眠るベーブ・ルースのサインボールは、ジュンに送ってやってくれと。

もちろん、互いにその遺言状を誰かに見せたり、説明することなく、天寿を全うしたいと願ってはいる。

『その仕事にはアシスタントは同行しなくていいの？』

シモーヌが言う。

『残念ながら必要はないな』

二人で笑う。彼女にしてもらうのは、あくまでも雑用だ。仕事に参加はさせない。それはアーノルドとの約束だ。大事な妹に危ないことはさせたくない。できれば早く堅気の男と結婚して、幸せで平和な暮らしをしてほしいと彼は願っている。

私もそうだ。そう願っている。決して自惚《うぬぼ》れではなく、シモーヌの私への好意にはもちろん気づいてはいるが、紳士的に気づかない振りをしている。

探偵などと一緒になったってろくなことはないのだ。アーノルドのためにも、そこは、その線引きはきっちり守っている。

『ザンティピー』

『なんだ』

シモーヌが微笑む。
『アーノルドが仕事を引退したら、日本の温泉に三人で行きたいわ』
そうだな。
『そうしよう』
そういう日が来るといいと私も思う。

2

出発の日はきれいに晴れていた。幸先がいいとはこのことだ。心が沸き立っていた。

また、日本に行ける。しかも温泉に行ける。しかも仕事だから報酬まである。今までにこんな素晴らしい条件の仕事を受けたことなどない。こんなに幸せでいいのかと不安になるぐらいだ。

しかし、浮かれてはいけない。どんなに楽なものだとはいえ、これは仕事なのだ。

そして、最大限に気をつけなければならないことがひとつある。

パトリシア・ヒースウッドは二十四歳の美しい女性であるということだ。誰もが振り返るというわけではないにしても、一人酒場に立てば十人の男に声を掛けられるだろう。波打つブロンドは美しく、コケティッシュなニュアンスを漂わせる唇にそそられる男は多いはずだ。

私とて、例外ではない。エドもそれだけは許しませんからねと言っていた。私の年齢は三十八だ。一回り以上違うとはいえ、パットに女性としての魅力を感じないはずがない。この道行きの間は、そう、まるで日本の僧のように様々な欲を断ち切る努力をしなければならないだろう。

まあしかし大丈夫だ。痩せても枯れてもこのザンティピー・リーブズは、今まで依頼人の顔に泥を塗ったことはない。

何よりも、パットは年齢の割りに浮ついたところがなく、実に控えめな大人しい女性なのだ。シックなブルーグレーのパンツスーツのシャツのボタンはしっかりと留められて目のやり場に困るということもまったくない。その態度はまさしく慎ましやかとも言うべきものだ。ひょっとしたらパットは日本人の男性と相性がいいかもしれない。

『お父さんは、人物だわね』

飛行機の中、長時間隣り合った席で過ごす時には、話し過ぎても疲れる。かといって黙り込むのも疲れる。ぽつりぽつりと話すのがちょうどいい。

『ありがとうございます』

『プライベートでもあんな感じなのかな』

優しく、包容力を感じさせる男だった。パットは少し嬉しそうな笑みを見せた。

『怒られたのは、食べ物を粗末にしたときと』

言葉を切って、私を見て悪戯《いたずら》っぽく顔を歪ませた。

『プロムのときに、ダンスの相手を教えなかったときだけです』

『なるほど』

パットは初めての長旅だという。ましてや父親から太鼓判を押されたとはいえ見知らぬ中年男と一緒の旅だ。多少の緊張もあったのだろう。空港で待ち合わせたときから、どこか落ち着かぬ様子だった。そして、日付変更線を越えるフライトの間中、パットはあまり自分からは話さなかった。

私は、リラックスこそしていたのだが、頭のチャンネルのどこかが仕事モードになっていた。むろん、前回のときのような観光ではない。仕事なのだから、どんな不測の事態にも対応できるようにしておかなければならない。

それはそうなのだが、外国人の観光客が珍しい国に行くわけではないし、日本は未開の地でもない。飛行機事故や天災などどうしようもない事態は抜きにして、危険なことなど起こるはずがない。それは十二分に理解していたのだが、空港でパットと一緒にいたときから、何かが私の職業意識に引っ掛かっていた。

何が引っ掛かったのかもわからないほどの些細なもののようなのだが、何か。

ひょっとして見落としていた何かがあるのかと、この旅に出ることになった経緯を何度も思い返し頭の中のビデオを巻き戻し再生してみたが、おかしなところは何もなかった。それにもかかわらず、何かが警告ランプを微《かす》かに光らせている。

わざと苦笑いしてみた。

ひょっとすると、私も若い女性との二人旅で多少気が高ぶっているのかもしれない。余計なアドレナリンが出ているのかもしれない。そういうことにしておこう。

トーキョーの空港から一歩も外には出ないで、今度はサッポロの空港へ向かう。

日本の首都であるトーキョーも、いつかはじっくり観光してみたいものだと思っている。この旅の帰りの行程はまだ未定のままだから、ひょっとしたら帰りに少し余裕が出来るかもしれない。そうなれば足を向けてみるのもいいだろう。

私は二度目になるが、パットは初めての日本だ。トランジットで外に出ることはないとはいえ、周囲は外国人も多いが、ほとんどが日本人だ。あちらこちらに眼をやり、忙しそうにしている。

実は私も同様だった。日本人が珍しいわけではない。私は観光をしに来たのではない。彼女のエスコートではあるが、同時にボディガードとしての役割もある。周囲に不審な人物がいないかどうかさりげなく気を配るのも仕事だ。

むろん、そういうことはあちらこちらにいる警備員もやってはいるのだろうが。

『ニッポンに来た実感が湧いてきたかい』

少し苦笑いして、パットは頷く。

『はい、少し』

しかし空港の中はどこも程度の差はあれ、同じようなものだ。ガラスとリノリウムの床とコンクリートといくつかの表示板。どこに行ってもさほど代わり映えはない。

『サッポロに着いて、外に出たらもっと実感するさ』

『そうですね』

多くの人が行き交う空港。日本人は皆お行儀がいいと言うが、私もそうだと思う。混雑はしているのだが、どこか整然としている。

サッポロに向かう飛行機に乗り換えて、これでようやく目的地に着くと思って少し安心したのだろう。パットは、表情も態度も最初から比べるとぐっと柔らかくなってきた。

『妹さんがニッポンにいるそうですね』

『そうだ』

私の最愛の妹、サンディ。

『君とそう変わらない年齢だ。しかも温泉旅館の若女将をしている。今回の旅で機会があったら紹介できればいいのだが』

そこも素晴らしい温泉であることを説明してあげた。

『ぜひ、お会いしたいです』

にっこりと微笑む。経営学をこれから実地で学ぶパットだ。サンディの話を聞くのは実にいい経験になるだろうが、生憎とジョーザンキーからサンディの住むオ・ヴィラまでどれぐらいの時間が掛かるものかは調べていないが、なに同じホッカイドウなのだ。そうそう遠い距離でもないだろう。地続きであれば車で行けないところなどないはずだ。

『向こうに着いて、もし余裕があるようなら電話してみよう』

『お願いします』

あれから一年以上が過ぎている。サンディはすっかり若女将が板に付いているだろう。カサジマ家の皆さんはお元気だろうか。結婚したミッキーとアツタ先生はどんな生活を送っているのか。

そして、ジュンとマコはどうしているか。マコは確か先に中学生になったはずなのだが。

自然と頬が緩む。オ・ヴィラでの日々は、確かに多少の悲劇はあったものの私の心にしっかりとほの温かいものを残してくれている。

同じ北海道だ。ジョーザンキーでの日々は果たしてどんなものを私に残してくれるのか。

十月も半ばを過ぎている。

ここホッカイドウの気候は私の住むニューヨークとそんなに極端に違わないはずだ。そろそろ秋風が冷たくなってくる頃で、来月には雪も降るという知識はある。そんなに外を長い時間は歩かないはずだが、用心のために出しておいたジャケットを二人とも手にして、荷物が回ってくるのを二人で並んで待っていた。

ふと、隣りで同じように荷物を待つ男性と眼が合った。日本人は基本的に恥ずかしがり屋で大人しい民族で、こうして眼が合うと逸《そ》らしてしまう場合が多いのだが、恰幅《かっぷく》のいいその男性はにこりと微笑んだ。そう言えば、飛行機の中でも席が近く、顔を合わせたのを思い出した。

『新婚旅行ですか』

　彼は流暢《りゅうちょう》な英語で訊いてきた。確かに、こうしてパットと二人で荷物を待っていれば、北海道に観光に来た夫婦に見えるだろう。

『それなら嬉しいのだがね。生憎仕事ですよ』

『それは残念。どちらまで？』

『ジョーザンキーまで』

　ジョーザンキー？　と、彼は少し首を捻《ひね》った。

『温泉街の観光地ですが、お仕事で？』

　確かに、ジョーザンキーという町は、温泉街でしかない町らしい。

『なに、ちょっとした調査でね』

　そう答えて、ちょうどいいと気がついた。まだ荷物は回ってこない。インフォメーションセンターでジョーザンキーまでの交通機関を確認しようと思っていたのだが。

『どうやって行けばいちばんいいかご存じですかね？』

日本人は親切だ。訊けば皆が真剣に考えて答えてくれる。男性はちょっと考えた。

『バスがありますがそれほど本数は多くない。もちろんタクシーでもいいんですが、車は運転できますか？』

できる。前回の反省を生かして国際免許を持ってきている。

『であれば、レンタカーがいちばんいいでしょう。地図も貰《もら》えるし、まだお昼です。観光しながらもいけますよ。それほど難しい道程ではないですし、北海道は道幅も広い。ゆったり運転できますよ』

『なるほど』

隣りで話を聞いていたパットも頷いた。ようやく回ってきた荷物の大きさのことも考えれば、あれを抱えてバスに乗るよりレンタカーの方がいいだろう。そもそもその方が私も慣れている。

『ありがとうございます』

『良い旅を』

荷物を取って礼を言い、パットと二人で歩き出す。こういう赤の他人との何気ないふれあいもどことなく嬉しいのが旅だと思う。

☆

土の匂いが鼻をついた。

暗闇だった視界に微かに光が戻ってきた。自分がどこにいるのか、まったくわからなかった。

本能が身体を動かした。その途端に首筋に痛みが走り、それが脳の覚醒を促し、一瞬にして何が起こったのかを思い出させた。

殴られたのだ。

そうだ、首筋をしたたかに殴られてその瞬間に私は気を失ったのだ。

動かない身体が、自分が今現在どういう状況にいるのかを理解させた。手には手錠が掛かっている。足は足首のところを鎖で縛られている。そして、ここは。

『どこだ』

土の匂い。

『洞穴？』

陽の光は微かに入ってきている。どこかにきっと外に繋がる穴があるのだろうが、ここからは見えない。

『これは、なんだ』

直接地面の上に寝かされているわけではなかった。真新しい木の板が敷かれている。これは、そうだ。

『簀子《すのこ》だ』

日本の、ウッドカーペットみたいなものだ。かつては日本の民家の風呂場にはよくこういうものが敷いてあったはずだ。むろんビデオで得た知識でしかないが。

簀子が四枚。私はそこに横たわっていた。お蔭で、身体はまったく汚れていない。

『随分と親切なことだな』

混乱していたものが少しずつ収まってくる。どう考えても、私は何者かの手によってここに連れてこられたらしい。

『そうだ』

車だ。

パンクをした車が路肩に停まっていたのだ。

レンタカーを借りて、パットと二人ジョーザンキーへ向かっていたのだ。

レンタカー店で対応してくれた女性は実に丁寧で親切だったのだが、あまり英語は上手くなかった。なので、日本語で話してあげた。

「おねえちゃん、かまわねぇから日本語で話しておくれよ。おいらは日本語ぺらぺらだからよ」

かなり驚いていたが、笑って喜んでくれた。相変わらず私の日本語は、日本人の皆さんに喜ばれる。

そう、私の日本語はビデオで覚えた。

日本が世界に誇る『男はつらいよ』シリーズでだ。キヨシ・アツミ演じる〈ノーテンの寅さん〉の喋《しゃべ》り方は何故か私を魅了して、シリーズ全てをもう何回となく観ている。そうして、私は日本語を覚えたのだ。

むろん私も、このような日本語が多分に今は使われない崩し言葉だというのは理解している。あの映画の中でフーテンの寅さんのような喋り方は彼しかしていない。普通の喋り方もしようと思えば出来る。

しかし、意味は通じるのだ。しかも、日本人なら誰もがこの話し言葉で話すとフランクになってくれる。笑顔にさえなってくれる。これはコミュニケーションの方法として実に有効な手段ではないかと思う。

地図も貰い、途中で寄るといい観光名所も教えてくれたし、旨いというラーメン屋も教えてくれた。

天気も良かった。風の中に秋の気配の冷たさはあったものの、ちょうど良い心地よさだった。パットも初めて見る日本の町並みや、アメリカとは違う山並みの風景を喜んでいた。

何もかも順調だったのだ。あと数キロでジョーザンキーというところまでは。

路肩に停まっていた車の脇に立つ人物が手を振って私の車を停めるまでは。

『中年だったな』

何百回も日本のドラマをビデオで観てきた。外国人は日本の女性の年齢は判らないというが、私はそうでもない。年の頃は三十後半ぐらいだろう。ジーンズに山吹色のセーターという軽装の女性だった。

パンクしていたのだ。今までタイヤ交換などしたことなくて困っていたという。急ぐ旅でもない。タイヤ交換など二十分もあればお釣りが来ることだ。私はパットを車に残したまま、タイヤ交換をしてあげようとしていた。

そこに、もう一台車が停まった。

中から中年の男性が一人降りてきた。

パンクですか？　と訊いた。

そうなんだ、と私は答えた。

手伝いましょう、とその男が言った。二人ともジーンズを穿《は》いてキャップを被っていた。年の頃は二十代後半から三十代といったところだ。私は既に作業に入っていたのでそれほどしっかりと顔は見なかったが、さしたる特徴はなかったはずだ。一人は黒縁の眼鏡を掛けていた。

まったく日本人は皆親切だ、と思い、タイヤに向かってしゃがんだところで、首筋に激痛が走った。

そこで気を失ったのだ。

考えられない。

『何者だ』

あの男たちが私を殴り、気を失わせ、ここまで連れてきたのに違いない。それしか考えられない。

穴の中の空気は冷たいのに、じわりと嫌な汗が浮かんできた。

『パット』

パトリシア。

彼女はどうなったのだ。もう一度微かな光を頼りに穴を見渡したが彼女の姿はない。

『くそっ！』

怒鳴って身体中の筋肉に力を入れ足の鎖を、手錠を外そうとしたがまったく無理な相談だった。そして今気づいたが、足を縛る鎖が伸び、地面に突き刺さった鉄製のポールに結ばれている。

慌てるなザンティピー。今までだって、こんなことはあっただろう。そうだ、あれは五年前だ。まったく肝を冷やすがマフィアの連中にボロ雑巾のようにされて、二日間も縛られたままだったじゃないか。

あのときだって、生きて帰ってこられた。

冷静になれ。

お前は、マンハッタンで随一の探偵ではないか。

穴の中で空気が微かに動いているのがわかった。大丈夫だ。酸欠で死ぬようなことにはならないだろう。空気の良さがそれを証明している。

何より。

『この簀子だ』

私をここに閉じ込めるためにわざわざ用意したのだろう。こんな事態だが思わず苦笑してしまった。ニューヨークに巣くう犯罪者たちならこんなことはしない。日本人というのはどこまで優しい人種なのか。

しかし、人種の問題ではないのだろう。私を殴ったあの男たちは何らかの理由で多少は私の身体を気遣っているということだ。その理由はさっぱり判らないが、今すぐに殺されるということもないのだろう。

さるぐつわ、もしくは口にガムテープをしていないということは、ここで叫んでも誰にも届かないということを奴らは判っているのだ。そういう場所なのだろう。ならばむやみに叫んで体力気力を消耗させるのは愚の骨頂だ。

腕時計を見ることは出来た。夕方の五時だ。

『二時間程か』

確か、パンクしている車を見つけたのは午後の三時ぐらいだった。どれぐらい気を失っていたのかはわからないが、ジョーザンキーからはるかに遠い地の果てまで運ばれたということはないだろう。人一人、特に私のような大男を人目につかずに運ぶのはこれでなかなか難しいものだ。ジョーザンキーが山の中にある温泉街ということは承知している。だったらこの洞穴は、案外ジョーザンキーのすぐ近くなのかもしれない。

『そういえば』

どことなくここの空気には湿り気が多くないか。湯の匂いがするのではないか。気のせいかもしれないが。

それにしても。

『何が、あったんだ』

ニューヨークでなら、マンハッタンでこういう目にあったのならば、いくらでも理由を考えつく。今までに私が調査してきた事件の中で、警察に犯人を引き渡したものもいくつかはある。

私を恨んでいる人間は何人かはいるだろう。そういう連中が復讐《ふくしゅう》を企てたとしたのならば驚きはするが、納得もする。

だが、ここは日本だ。

北海道だ。

私という人間を知っているのはオ・ヴィラに住む人たちだけだ。

日本人にこんなことをされる理由など思いつかない。日本は世界一安全な国ではなかったのか。いや、そのはずだ。何の理由もなく人を拉致《らち》するような輩《やから》がうろついているような国ではない。

考えを巡らせる。

『パットなのか』

奴らの目的は、パットなのだろうか。

あのパンクしていた車に乗っていた婦人はどうだ？　彼女は、あの男たちとグルなのか？　そう仮定すると、奴らは実に周到な用意をして私たちをあそこで待ち受けていたということになる。ジョーザンキーに向かう道はひとつのルートしかなかった。

あそこで待ちかまえていれば必ず私たちに出会う。

ならば。

ここ日本で、私とパットの行動予定を知っている人間はただ一人。いや、一軒。

湯郷〈岩谷屋〉だ。

細かい時間は伝えていないが、手紙で事前に今日の夜までに着くことは、エドが伝えてある。それは彼が言っていた。だから私たちを待ち受けることができたのは、〈岩谷屋〉の関係者ということになる。

しかし。

『そんな奇妙な話などないだろう』

わざと少し大きく声を出した。洞穴の中に自分の声が響く。どこをどう捻くって考えても〈岩谷屋〉がこんなことをする理由が思いつかない。〈岩谷屋〉の皆は確かに私たちの到着を知ってはいたが、私を気絶させこんなところに放り込んで何の利があるというのか。

あるはずがない。〈岩谷屋〉の主人のトモノリ・イワタニはエド・ヒースウッドと親友なのだ。それに間違いはない。天地がひっくり返っても彼らがこんなことをするはずがないだろう。

だとすると、まったく、思いもつかない何かがこの背後にあるということなのか。

私とパットが日本にやってくるのと同時に動き出した何かしらの陰謀が。

たとえばパットが親であるエドも知らない秘密の組織、たとえばＣＩＡとか、そういうところの仕事をしていてこの日本に来たのも実は何かしらの事件を追って。

『馬鹿な』

そうだ。それも馬鹿げた話だ。そんなややこしい陰謀は映画の中だけだ。現実問題として有り得ない。

『何かの間違い、いや人違いか？』

それは考えられるか。

日本人から見れば外国人はフランス人もアメリカ人もイギリス人も同じに見えるとよく聞く。多少外見が似通っていれば、ただの〈外国人〉として認識される。

私とパットが、誰かと、こんなことをする荒っぽい連中が狙う誰かと間違われたというのは。

『可能性は、あるな』

むしろ、今の段階ではそれしか考えられない。私たちではないどこかの外国人の怪しい男女二人組がジョーザンキーに向かっていて、私たちはそれと間違われた。CIAをもち出すよりははるかに現実的だ。

しかし、この状況では何も判らない。

大きく溜息をついた。

『やってみるか』

今度は大きく深呼吸をした。足を縛られてはいるが、立つことはできる。立ち上がって、この鎖を切ることは出来るか。地面に突き刺さった鉄製のポールを引抜いて外に出ることは出来るのか。

渾身《こんしん》の力を込めた。

ここ何年も出したことのない大声を上げた。

が、無駄だった。

『無理か』

身体を簀子に横たえた。触ってみた。

『なるほど』

なかなか肌触りがいい。そういえば去年行った〈ゆーらっくの湯〉にもこういうものが使われていた。無事にニューヨークに帰ることが出来たら探してみようか。どこかに売ってるだろうか。

ごろりと転がる。天井を見上げる。それなりに鍛えてはいるが、肉体的な、そして精神的なダメージを回復させるのにはこれがいちばんだ。

周到な準備をしたのだろう。私をここに閉じ込めた連中も馬鹿ではないということだ。簡単に逃げ出せるはずがない。

手首から、血が滲《にじ》んでいた。力も入らない。

『パット』

無事を祈るしかないのか。

しかし、休んでもよいが、思考を止めるな。もう外は暗くなっているのだろう。さっきまで洞窟の中に微かにあった光ももうない。ほぼ、真っ暗闇だ。空気も冷たくなってきている。しかし風邪ぐらいは引くかもしれないが、凍死することはないだろう。

『ここは、どういう洞穴なのか』

私の身長は六・二フィートだ。日本で使うセンチに直せば一九〇ほどだ。この年になって少し縮んだかもしれないが。その私が立ってギリギリ頭が天井につかなかった。鍾乳洞《しょうにゅうどう》でもない。自然に出来た洞穴を人の手で少しばかり掘ったような感触もある。

日本にこんな洞穴はたくさんあるのだろうか。この国は山国のはずだから、あるのかもしれない。

『待てよ』

確か、戦争中に。

『ボークーゴーだったか』

そうだ。日本はかつて私たちの国と戦争をした。互いに愚かなことではあるが過去を嘆いてもしょうがない。その際に、日本国内ではボークーゴーという、アメリカ軍の爆撃を避けるための穴をたくさん作ったと何かのビデオで観た。ひょっとしたらそういうものが今も残っているのかもしれない。

いずれにしても私をここに閉じ込めた犯人は、土地勘があり、しかも山の中のそういうものにも通じているということだ。

『と、なれば地元の人間か』

手錠で繋がれた手でポケットをまさぐった。私はコットンパンツに白いシャツにジャケットという服装だった。それはそのままだ。そしてジャケットのポケットに入れておいたパスポート入りの財布と煙草はそのままあった。この腕時計もそれなりの値段はする。そういうものを盗《と》っていってない。

強盗ではないということもこれで立証されたわけだ。起き上がって苦労して煙草を一本取り出し、オイルライターの火を点《つ》けた。

『うん？』

ライターの火で、わずかだが洞穴の奥の方が見えた。何かがあった。鎖の長さいっぱいまで進み、もう一度火を点け、奥に向かってかざしてみた。

何かの造作物。

そうだ、あれは。

「祠《ほこら》、か？」

日本語で言ってみた。英語ではシュラインと言えばいいのか。何せそれにぴったり来るものがないのだからしょうがない。

確かめようがないが、確かに小さな祠のようなものだ。

『何かを祀《まつ》った洞穴なのかもしれないな』

日本にはそういうものがあると聞く。とりあえず頭の中には入れておこう。口にくわえたままの煙草に火を点けた。

『旨い』

暗闇に煙が流れていく。昂《たか》ぶった気持ちが静かに落ち着いていく。そうだ。どうしようもない以上は落ち着くしかない。

『うん？』

何かの音がした。

全身が緊張した。自然の立てる音ではない。風で何かが動いたとかそういうものではない。これは。

『足音』

煙草を地面に押し付けて消した。確かに足音だ。土を踏む音だ。その証拠に何かの光が揺れているのが見えた。あれは、懐中電灯の光だ。

強い光が私の顔を捉えて眼が眩《くら》み、思わず眼を閉じて手をかざした。

『誰だ』

無駄だとは思うが言うと、案の定何も返事は返ってこない。眩《まぶ》しい光で何も見えない。いや待てここは日本だった。

「ちょいと話をさせてくれねぇかい」

懐中電灯の光の動きが止まった。

「あんた、おいらをここに運んできた人かい」

沈黙。

「死にたかぁねぇけどよ、もしこの場でズドンと一発で殺されちまうんならよ、ひとつだけ聞かせちゃあくれねぇか。おいらと一緒にいた女の子は無事かい」

もし彼女に何かあったなら地獄の亡霊になってでもお前たちを追いつめる、などと脅しの言葉でも吐きたかったが、この状態で向こうを怒らせてもしょうがない。

待ったが、返事は返ってこない。相変わらず懐中電灯の光が私の顔を捉えている。何か、荷物を地面に下ろすような音がした。

「頼むからよ。それだけでも教えてくれねぇか。ほら、日本じゃこう言うじゃねぇか。武士の情けってよ」

沈黙。しかし、眼の前にいる男は、いや男か女かも判らないそいつは、じっとしている。考えているのか？

「頼むよにいさん。いや、ねえさんかもしれねぇけどよ。何にも判らずにこのままってぇのはあんまりにもおめぇ人情紙風船ってぇもんじゃねえかい？　豆腐だって醬油かけられてあら嬉しや死に化粧ってぇパクッと喰われてぇじゃねぇか」

そのときだ。

私の眼の前にいる人間が何か喉の奥から響くような音を立てた。身体が動いた。

これは、ひょっとしたら。

笑ったのだ。

いや、間違いなくそうだ。堪え切れずに噴き出すのを思わず我慢したような音だった。きっと、私のこの日本語が面白くて笑ったのだ。間違いない。とすると眼の前の人間は血も涙もない冷血漢ということではないのだろう。

「無事だ。何もしていない」

男だった。確かに男の声だった。若い風ではない。年を重ねた男の声でそう言った。しかしそう言った途端に懐中電灯の光が私の顔から外され、反対側を向き、男が急ぎ足で立ち去るのがわかった。

一瞬、ほんの一瞬だが懐中電灯を巡らせたときに光が洞穴の壁に反射して、男の姿が見えた。中年だったと思う。少なくともスーツのようなちゃんとした格好ではなかった。ラフな服装だったように思うし、所謂《いわゆる》中肉中背という感じだ。つまり、特徴がない。

無事だ。

確かに男はそう言った。パットには何もしていない、とも。

ようやく筋肉の強《こわ》ばりが緩んだような気がした。ここはあの男の言葉を信じよう。何せ乱暴に拉致しておきながら簀子を用意しておくような連中だ。

何はともあれパットは無事なのだ。今はとりあえずそれだけでいい。

『そうだった』

さっき光が巡ったときに、何か荷物がそこに置かれているのも見えたのだ。地面に置いた音も確かに聞こえた。何を置いて行ったのか。手探りでそれを探す。

『あった』

これは、なんだろう。丈夫な麻布の袋のようなものか。かなり大きいものだ。恐る恐る紐《ひも》で綴《と》じてあった口を開け、中に手を突っ込んでみた。

『これは』

最初に手に触れたのは、毛布だった。

『なんと』

簀子を用意しただけでなく、夜の寒さを凌《しの》ぐ毛布まで持ってきてくれたのか。間違いなく奴らは私を殺すつもりはないということだ。今のところは。

さらに何か入っている。小さなビニール袋？　何せ何も見えない暗闇だ。眼の前に持ってきて触ってみて確かめるしかないのだが。

『パンか？』

そうだ。これは日本で売っている袋入りのパンだ。実にたくさんの種類を売っているのを前に見たことがある。さらに袋を探ると明らかに飲料であるとわかる缶もあった。食料と毛布の差し入れというわけだ。

『なるほど』

奴らの目的ははっきりした。私をここに閉じ込めておくことが目的なのだ。殺す必要はないらしい。それがわかっただけでも身体の奥底から力が湧いてくる気がした。

しかし、何故だ。

何故、私をここに閉じ込めておくのだ。

考えられる可能性はなんだ。あれこれ考えが頭の中を通りすぎていくが、あまりにも材料が少なすぎる。捉えようがない。

『食べるか』

まさかここまでしておいて、毒など仕込んではいまい。殺すのならとっくに殺しているはずだ。私はパンの袋を開けた。良い香りがしてきた途端に空腹を覚えた。

食べて、飲んで、寝よう。ここに至ってじたばたしてもしょうがない。眠って、朝を待つのだ。

☆

音がした。

眠っていてもきっと巡らせていた私の中の探偵の、いや人間としての本能が私を目覚めさせた。

眼を開けた途端に外には朝が来ていたのがわかった。洞穴の中に光がうっすらと入っていたのだ。昨日よりもはるかにはっきりと周りの様子が見える。毛布をはねのけ、身体を慌てて起こした。

頭はすっきりしていた。どうやらきっちり睡眠を取れたらしい。こんなときでも寝られる自分を褒めたくなった。不測の事態に必要なのは気力と体力だ。その二つは睡眠によって得られるものだ。

そう、足音だ。

確かに足音がする。

その方向に眼をやる。恐らくは昨日、あの男がやってきた方向だ。その証拠に光は向こうから入ってきている。足音はゆっくりゆっくり進んでくる。重くはない。軽やかな足音。

私の耳の良さは何も言語を聞き取るときだけに発揮されるわけではない。足音を聞くだけでも、その人物の特徴はある程度把握できる。

今、響いている足音は明らかにスニーカーが土を、岩を踏む音だ。しかも、体重の軽い人間だ。

子供か、あるいは女性か。

一瞬パットなのではないかという考えが頭を過《よぎ》った。

このとんでもない事態を招いたのは、いや計画したのはパットなのではないかという仮説も成り立つというのは昨夜に考えたことだ。何のためにというのはまったく想像もつかなかったが、あらゆる可能性は考えておかなければならない。

音が近づいている。ゆっくり、ゆっくり。懐中電灯の光も見えた。ここまでは陽の光は届かないからだろう。

「誰か、いるの？」

驚いた。

おそらく女だろうと予想していたが、子供の声だ。男の子の声だ。一瞬様々な考えがまるでコンピュータのごとく頭の中を駆け巡ったが、直感に任せることにした。

今の問いかけには何の邪気も感じられなかった。子供らしい素直な疑問と、少しの脅え。

「おう、いるぜ」

息を呑むのがわかった。

「驚かねぇでくれないか。悪い連中に閉じ込められちまったんだ。助けてくれねぇか」

3

「藤村剛《ふじむらつよし》」

少年はそう名乗った。ジーンズに紺色のジャケット。賢そうな顔をした子供だ。すらりと伸びた肢体は運動神経も良さそうだ。

「ツヨシくんか。何年生だ」

「五年生」

小学校の五年生か。むろん私は日本の教育体制も把握している。小学五年生ということは十一歳だ。何の偶然か、去年オ・ヴィラで友人になったジュンもそのときは五年生だったな。

思わず笑みがこぼれる。私の日本の旅で最初に友人になるのは子供だと運命づけられているらしい。

「おいらはザンティピーってんだ」

「ザンティピー?」

「おう。ザンティピー・リーブズだ」

「変わった名前だね」

笑った。確かに私の名前はアメリカ人にとってもあまり耳慣れない名前だ。

「呼び難かったら、ザンテでいいぜ」

「ザンテさん？」

「おう。この前日本に来たときもな、皆にそう呼ばれたんだよ」

ツヨシは、この私の状況を恐れてはいなかった。子供らしい興味津々の様子で見つめている。懐中電灯を地面に置き、簀子に座って悪い奴らに閉じ込められたという私の話にも素直に頷いてくれた。

「信じてくれるかい」

「信じるよ。だって」

私の腕と足を指差した。

「自分でこんなことできないでしょ」

なるほど確かにそうだ。賢そうな顔だと思っていたが本当に賢いらしい。

やはりここはジョーザンキーの山の中で、自然の洞窟だが、かつてはボークーゴー代わりにも使用されたらしい。地元の人間でも今は知っている人はほとんどおらず、入口も草や板きれで隠されている。

つまり、ほぼ絶対人が訪れるはずがないところだと言う。

「なんでツヨシは知っているんだい」

「僕の家はすぐそこで、この辺は庭みたいなものだから」

聞けば、ツヨシの家は寺だと言う。

「北辰寺っていうんだ。山のてっぺんにある、この辺でいちばん古いお寺だよ」

「なるほど」

山寺の息子なのか。それはいい。こんな状況ではあるが実は私は日本の寺や神社といったものも好きだ。オ・ヴィラでもあの辺りでいちばん古いという寺に案内してもらった。小さなものではあったが、そしておそらくはありきたりのものではあったと思うのだが、小さな山とお墓と一体になったその存在感は、私の心に迫ってくるものがあった。

「ツヨシはここによく来るのか」

「来ないよ。危ないから。こんなに奥まで入ってきたのも初めて」

だが、こうして来たのは何故か。

昨夜、ツヨシは自分の部屋から、懐中電灯の灯《ひ》がこの辺りで揺れているのを見たそうだ。おそらく昨日の夜のあの男の懐中電灯だろう。

びっくりしたそうだ。地元の人さえまったく通らない山の中だ。不審に思って、今日になって様子を見に来たそうだ。

「そうしたら入口の草がむしり取られていて、板も剝《は》がされていた。これってヘンだって」

そう思い、中に入ってきたそうだ。

「てぇことは、今日は日曜日か」

「そう」

すっかり失念していたが、それは私にとっては幸運だったということか。ツヨシが学校に行っていれば私はまだ誰にも発見されずにここで悶々《もんもん》としていたのだろう。

「寺ってことは、お父さんはお坊さんかい」

「うん、おじいちゃんも」

考えた。仏教についてはそれほど詳しくはないが、キリスト教と同じく宗教家であることは間違いない。映画の中で見たお坊さんたちは例外なく皆親切であった。

そのお坊さんであるならば、ツヨシの父や祖父は徳に溢《あふ》れた人なのであろう。きちんと状況を説明すれば、私の力になってくれるはずだ。どのみちこの鎖も手錠もツヨシの手ではどうにもならない。

「お坊さんなら、今も家にいるんだろう？」

「いるよ」

「ちょいと呼んできて、おいらを助けてくれねぇか。他の誰にも、警察にももちろん知らせずに来て欲しいんだ」

ツヨシは、躊躇《ちゅうちょ》せずにっこり笑って頷いてくれた。

「わかった。でも」

どうして警察に言っちゃ駄目なのかと訊いた。感心した。ツヨシは実に冷静な子供でもあるわけだ。

「何が起こってるのかまったくわからねぇんだよ。何よりも、おいらとはぐれちまったお姉さんが心配なんだ。大騒ぎになって、パットっていうお姉さんの身に危険が及ぶことだけは避けてぇんだ。わかるかい？」

ツヨシは大きく頷いた。

「待ってて！」

小さな身体が軽やかに洞窟の中を走っていった。


ツヨシが帰ってくるのを待つ間、考えていた。

山の中とはいえ、お寺がある。人の眼がある。ならば、私をここまで連れてきた連中が昼の間にやってくることは考えられないだろう。昨夜もある程度暗くなるのを待って運んできたのに違いない。

私がここを出たとしても、閉じ込めた連中がそれに気づくのは夜になるのではないか。袋の中に入っていたパンは四個もあった。飲料の缶も四缶あった。それはつまり今日の朝飯や昼食の分ということなのではないか。きっと奴らはまた夜になってから様子を見に来るのだろう。

であれば、昼間出歩いても見つからなければあいつらには判るまい。それで事態が拙《まず》くなるということもないだろう。

しかし、昼間のうちにこの訳の判らない状況を把握し、解決することが出来るだろうか？

☆

ツヨシの家である〈北辰寺〉は、小さいながら趣のある寺だった。建立されたのは一八七一年、今から百十年ほど前のことになる。日本の寺としてはそれほど歴史があるわけではないと言う。

「そもそも、ここ北海道の歴史自体がそれぐらいしかないですからね」

お坊さんの着る服を何というのだったか。袈裟《けさ》だったか。とにかくそういうものに着替えたツヨシの父、ケイザン和尚はそう言った。それは、確か去年来たときにミッキーにも聞いた。ここ北海道は日本でもいちばん新しい土地なのだと。明治という日本の時代になってから初めて日本人が開拓に着手した、我が国アメリカと非常に似通ったフロンティアの歴史を持つ土地柄なのだ。従って古い信仰の象徴である寺といえどもまだ新しい部類になる。

それでも、木で作られたものが百十年も経《た》っているのだ。そこに刻まれた風雪の証《あか》しと、人々の信心をその身に受けた建物が放つ厳かな空気は、私の背筋を伸ばすものだった。

薄黒くなった寺、白めの丸石で敷き詰められた境内、大きく伸び美しく紅葉した木々と山々。

まったくどうして日本の古きものはこのような美しさを放つものなのか。

そうして、この本堂だ。

狭いもんですよ、とケイザン和尚は笑うが、決して狭くなどない。凛《りん》とした美しさで座る御本尊に、その周りを形作る金色の装飾物に、色とりどりの布。

私は今こんな災難に見舞われているが、ここにこうして座ることができたのは幸運かもしれない。

「しかし」

お茶を飲み、ケイザン和尚が顔を顰《しか》めながら言う。お坊さんなので頭を剃《そ》っているものとばかり思っていたが、ケイザン和尚はしっかりと髪の毛がある。しかもオールバックだ。その辺は決まり事ではなく、割りと柔軟なのかもしれない。それともそれも仏の教えというやつか。

「災難でしたね、と言うのにはあまりにもわけの判らない事態に巻き込まれましたね」

「いやぁまったく」

ケイザン和尚はツヨシに言われてすぐに駆けつけてくれたのだ。そのときの格好はジーンズにネルシャツというスタイルだったので、本当にお坊さんかと訝《いぶか》しんだが。しかも驚くべきことに、私に掛けられた手錠の鍵もあっさりと外してくれた。ちょっとした特技なんですよと笑ってはいたが、お坊さんというものの裏側には私などには計り知れない何かがあるのかもしれない。むろん、ケイザン和尚だけのことかもしれないが。

しかもこうして私の話を聞いて、全面的に信用してもらって相談にも乗ってくれている。まったくありがたい。日本人と同じように手を合わせて拝んだのだが、それはやめてくださいと笑われた。

なんだったらオ・ヴィラにいる妹のサンディに電話してもらい、身元の照会をしてもらってもいいと言ったのだが、和尚は微笑んで頷いた。

「そんな必要もないでしょう。それこそ、ザンティピーさんが私たちを騙《だま》しても何のメリットもない。しかも騙すのにはあまりにも話が突飛すぎます」

まぁ、そう言われればそうだ。それでも何かあったときのためにと、オ・ヴィラの〈ゆーらっくの湯〉の連絡先をメモして渡しておいた。縁起でもないが、私に何かあったときにはきっと連絡してくれるだろう。

奥の方の戸がからりと開いて、お坊さんがもう一人入ってきた。今度は、本当に坊主だった。髪の毛がまったくない、老人だ。

「おじいちゃん」

ツヨシが言った。ツヨシの祖父か。ということは、この寺の、言葉を知らないが、長なのだろう。一応は練習したこともあるのだが、座布団の上で正座をして待った。

しかしこの正座というのはまるで拷問に近い。

「いやいや、どうぞお楽に。足を崩してくだされ」

「いや、申し訳ねぇ。お言葉に甘えさせてもらいますぜ」

おそらくもう八十近い高齢であろうと推測できる老僧は、まるで空気のようにふわりと朱色の座布団の上に座った。

「ツヨシの祖父の、鉄心でございます」

テッシン和尚。

「あっしはザンティピー・リーブズってケチな男でして。とんだ迷惑を掛けちまって申し訳ない」

テッシン和尚は、顔をくしゃくしゃにして頷いた。顔に刻まれた皺《しわ》が風格を示す。眼は細い上に老人特有の落ち込みを見せているため、開けているんだか閉じているのかよく判らない。

「事情は、聞きましたんでな。なに遠慮することはありませんな。お気の済むまでゆるりとお寛《くつろ》ぎくだされ」

「かたじけねぇ」

テッシン和尚は、くい、と頭を傾げた。私はお坊さんの坊主頭を初めて見たが、なるほどアメリカにいるただのスキンヘッドとは風格が違う。

「アメリカのニューヨークからいらっしゃったとか」

「ご存じですかね」

テッシン和尚が微笑んだ、ような気がした。何せ皺だらけの顔なので表情がよく摑めない。

「御先祖様も、ずっとそこの出身ですかな」

「いやぁ、御先祖はオハイオ州とか聞いたような気がしますけどね。詳しくは調べてねぇんでどうなんだか」

さすがお坊さんだ。まずは御先祖様のことを確かめるのかと感心した。さらに遡《さかのぼ》ればイングランドが我がリーブズ家の先祖の地なのだが。そう言うとテッシン和尚はうむうむと頷く。

私は何か、一種の感動を覚えながらこの家族を見ていた。三代にわたる仏門。はるかなる歴史をその内に秘めた職業の人間がこうして揃っているのだ。まだ十一歳のツヨシでさえ、こうして父や祖父と一緒に並んでいると何かを感じさせる。

とんだことになってしまっているのは確かなのだが、こうして以前から興味のあったお寺に世話になれたというのは僥倖《ぎょうこう》かもしれない。

「それで、これからどう動かれますかな」

テッシン和尚に問われて、考えた。

「まずはパットの、おいらのクライアントの娘であるパトリシアの無事を確かめてぇんですよ」

それが第一だ。それしかない。

しかし、このまま湯郷〈岩谷屋〉に向かっていって果たして良い結果が得られるかどうかが問題なのだ。そう言うとケイザン和尚が頷いた。

「あなたを襲った連中が一体何者なのか、それがはっきりしないことには迂《う》闊《かつ》に動けませんね」

私を襲った連中は明らかに私たちの目的地を知っていた。もし私たちが目的地に着かなければ、〈岩谷屋〉の方で騒ぎが起こるはずだ。私を生かしておいたことを考えるとそれに対しても奴らは何か対策を講じている可能性は高い。

ということは、〈岩谷屋〉に奴らの手が伸びているはず。

警察には知らせたくないという私の考えにも、ケイザン和尚は同意してくれた。騒ぎになることでパットが危険な状態にならないとも限らない。まずは人命の尊重が一番だと。

「ただ」

ケイザン和尚が言う。

「そのパットさんが〈岩谷屋〉さんで無事でいるかどうかを確かめるのは簡単です

よ」

それはそうなのだろう。同じ町に住み、そしてここはいちばん古い寺。恐らくは知り合いなのだろうから。

「いや、和尚が電話で確認するってぇのは駄目ですよ。何の関係もねぇ和尚が関わっちゃあ、奴らに変に思われるかもしれねぇ」

和尚はやめてくださいとさっき言われたのだが、実は今まで使う機会がなかったので使わなかったが、使ってみたい言葉だったのでそう呼ぶことを許してもらった。

「それも、大丈夫です」

ケイザン和尚はそう言って、隣りで座って話を聞いていたツヨシを見た。ツヨシも父親の顔を見て頷いた。

「どういうこってすかね」

「この子の同級生が〈岩谷屋〉さんにいるんですよ。しかも仲良しなので、こいつはいつも遊びに行ってます」

なんと。

「そりゃあ好都合だ」

「今すぐ行ってくるよ。それで、パットさんがいるかどうか確かめてくる」

ツヨシが立ち上がりながら言った。

「いや、ちょいと待ってくれ」

できれば私も一緒に行きたい。この眼で〈岩谷屋〉という温泉旅館がどんなものなのか確かめたい。

探偵の仕事の基本だ。

「もし仮に〈岩谷屋〉さんがこの件の中心になるんなら、肌で感じてぇんですよ」

刑事も探偵も基本は同じだ。現場百回。その事件に関係するもの全てをこの眼で確かめないことには何にもならない。

何より、パットが無事に〈岩谷屋〉にいるとしてもそれはそれでおかしなことなのだ。

「どうして、パットさんがそこでのんびりしているか、ですね？」

「その通り」

むろん、私を襲った連中に脅されて黙っているということも考えられる。そして、パットがそこにいないことも考えられる。

「もしパットが来てねえとなれば、それこそ警察に届けなきゃならねえ。いずれにしても、この眼で確かめてぇんですよ」

ケイザン和尚は深く頷いた。

「それも道理ですね。それならば、あれを使いましょう」

そう言って隣りのテッシン和尚を見た。

「いいですよね？」

テッシン和尚は無言で頷く。

「あれ、てぇと？」

ケイザン和尚はツヨシに向かって何やら悪戯っぽい笑みを見せた。

「あ、あれ？」

ツヨシもわかったらしく、笑顔になった。

「なんでぇいったい」

「托鉢僧になればいいでしょう」

「タクハツソウ？」

なるほど、これは身が引き締まるものだ。感心していた。仕事で何度か上流階級のパーティに出席したことがある。慣れないタキシードを借りていたのだが、そのときも自分がそういう人間の仲間になったような気がしたものだ。

☆

「似合うよザンテさん」

「そうかい？」

ツヨシが大きく頷いた。僧が身に纏《まと》う、この色は薄墨と言えばいいのか。浅い黒色の衣装だった。よく私の身長に合うものがあったものだと思うが、もともとどんな身長にも合うようなものなのだと言う。

「編み笠も、普段使うものより深いものを用意しましたから、少し下を向いていれば顔はまったく見えません」

私の髪の毛は少しばかり長めだったので、それを束ねて頭には日本手ぬぐいを巻いて隠した。それで完璧だった。鏡には少々背が高すぎる、年季の入った衣装を着た托鉢僧がそこにいた。

「うちの寺では、一般の方が修行に来ることがしばしばあるんです」

「そうなのかい」

日本の寺では、断食とか座禅とか、そういうものを一般に開放して収入を得ることがあるそうだ。それは知らなかった。ぜひ今度は座禅というものを経験してみたい。

「その際にはこうして托鉢をさせているので町の人は誰も不忠議には思いません」

「けどよ、ケイザン和尚。おいらも映画でこんなのを見たことはあるけどよ。あれはどうしたらいいいんだい」

「あれ、とは？」

何かを唱えていた。そうだ。

「オキョウだったかい」

あぁ、とケイザン和尚は笑う。

「誰も聞いていませんからね。ちょっと適当に真似してください」

そう言って和尚はなにやら奇妙な節回しの言葉を喋り出した。真剣にそれを聞いて、真似をする。

「ザンテさん巧い！」

ツヨシが手を叩いた。

「そうかい？」

芸は身を助くというのはこういうことだろう。私の耳の良さがここでも役立ってくれる。

「充分です」

ケイザン和尚が太鼓判を押してくれた。

「洞穴の方は、私も気をつけて見ていましょう」


ケイザン和尚に見送られて、ツヨシと二人で寺を出た。境内をゆっくり歩いて、門を抜け山の下に下りる階段に出る。

長い石の階段はすっかり苔生《こけむ》している。そこをゆっくりと托鉢僧の姿で歩いて行くと、まるで自分が日本映画の主人公になったようで悦に入っていた。

しかしそんなのんびりした心構えではいけない。ようやく動けるようになったのだ。なんとしても昼間の内に何らかの答えを見つけなければならない。

「冬は大変なんだよここ」

私と並んで階段を降りながらツヨシは言う。

「どうしてだい」

「だって、雪が積もるから」

そうだった。ここは雪国なのだ。

「毎日ここを雪かきするのは本当に大変なんだよ」

それは、確かにそうかもしれない。私の住むニューヨークにも雪は降る。その大変さはある程度は理解できるが、ここらでは半年間は雪に閉ざされるとサンディも言っていた。

「ツヨシもその雪かきってのをするのかい」

「するよ。僕は跡継ぎだからね」

「ほう」

感心した。まだ五年生なのに。

「あの寺を継いで、お坊さんになるのかい」

「そのつもり」

私の方を向いてニコッと笑う。大したものだ。その若さで自分の将来を考えられるとは。私が十一歳の頃などは、何にも考えていないただの動物だったような気がしたが。

「そう、岩谷恵美」

「〈岩谷屋〉にいる友達ってぇのはクラスメイトかい」

「エミー?」

うん、とツヨシは頷いた。それはアメリカでも女性の名前だ。

「エミーってのは、女の子かい」

「そうだよ」

そうか、てっきり男の子だと思っていたが、女の子だったか。

「仲良いってぇことは、あれかい、これかい」

小指を立ててみた。これも映画で見た仕草だ。小指を立てることは女を示すものらしいのだが、ひょっとしたら子供に向かってするのは下品な仕草だっただろうか。しかし、ツヨシは面白そうに笑った。

「彼女じゃないけど、皆はそう言ってるね。いつも一緒にいるから」

「そうかい」

去年、ジュンやマコに会ったときにも感じたのだが、日本人の子供はアメリカ人の子供より素朴だ。いや、純朴というべきなのか。もちろんアメリカ人の子供にも純朴な子供はいるが、その質が違うような気がする。これはやはり国民性というものなのだろう。

どこの国の人間だろうが、人の性質というものは個人個人でそれぞれ違う。アメリカ人だから日本人だからとひと括《くく》りにするのはよくない考え方だ。だがしかし、やはり風土に育まれる何かはあるのだ。

この緑滴《したた》る山河に囲まれた日本には、その美しさに育まれた何かはあるのだ。

木々に囲まれた階段を下り切ると、そこは山道になっていた。およそ近くに町があるとは思えない光景だが、ツヨシはその山道を下らずに林の中に分け入っていく。けもの道がある。

4

「近道」

私を振り返り、笑顔で言う。私も素直に付き従った。

「まさか熊は出ねぇよなぁ」

「出るよ」

なんと。ツヨシは笑いながらポケットから何かを取り出し振った。チリリン、と涼やかな音が山道に響く。

「熊除《くまよ》けの鈴」

ザンテさんはそれを振ればいいんだよ、と言う。それとは、私が持たされた杖なのだが。

「錫杖は熊除けにもなるんだよ」

「シャクジョウ？」

ツヨシは私の手から杖を取り、歩きながらそれを地面に突くと、シャン！　と音が鳴った。なるほど飾りだと思っていたこの先端の輪は音を鳴らすものだったのか。

「鳴らそうと意識しないで、自然に杖をついて歩くようにするといいよ」

そうすると、良い音、良いリズムで鳴るのだと言う。やってみたがなるほど確かにそうだ。最初は慣れないが、歩くリズムに合わせるようにすると、自然と良い感じで音が鳴る。

「これも修行の一環てぇわけだな？」

「それはわかんないけど、山道を歩くときの動物除けと、托鉢をするときに自分が来ましたよって合図にもなるんだって」

確かにそうだ。托鉢僧はおそらく長い距離を歩くのだろう。山道を歩くのに杖は補助になる。まったく昔から綿々と続いて使われている道具というのは本当によく考えられている。

急な坂になっているけもの道を抜けると、そこに山に沿った二車線のアスファルトの道路が現われた。

「ここは」

そうだ、たぶん、ここだ。

ツヨシもきょろきょろしている私の様子に気がついたらしい。

「ザンテさんが襲われたのはこの辺？」

「おう、たぶんな」

いや、もう少し向こう側の坂を下った辺りか。少し右側に向かって歩いてみた。そうだ、確かに景色に見覚えがある。

「あの辺りだったな」

少しばかり道路の端に余裕があり、アスファルトではなく普通の土になっている部分。あの辺に車が停まっていたのだ。

「けっこう町から近かったんだね」

ツヨシが言うので振り返ると道路は大きな橋に向かい、そして橋の向こうに町があった。

「そこまで行ってみる？」

ツヨシが歩き始めたが、手を振って止めた。周到な準備をして私を気絶させた連中だ。あそこに何か残すような下手《へた》な真似はしていないだろう。仮にタイヤの跡が残っていたりしたとしても、ここは日本だ。マンハッタンなら分署の連中に晩飯を奢ってタイヤ痕から車を割り出させることもできるだろうが、ここでは無理だ。

「まずは〈岩谷屋〉さんに行こうぜ」

歩き出し、大きな橋の近くまで来たとき、山の匂いから一気に空気が変わったような気がした。

「ここが、ジョーザンキーかい」

「そう」

大きな川が流れ、建物はその川の両側に建てられている。オ・ヴィラよりは人きな町のように感じたが、すぐにそれは違うと判った。この町にあるのはほとんどがホテルや旅館や土産物屋。つまりは温泉街なのだ。それが狭い地域に密集しているので都会的なようにも感じたが、広さでいえばオ・ヴィラの方がはるかに広そうだ。

「ぐるっと歩いたら、すぐに全部回れそうじゃねぇかい」

「そうだね。すごく小さな町なんだ」

ツヨシと二人で橋を渡った。橋の上には浴衣《ゆかた》を着た男女が居た。なるほど、映画で観たこともある風景ではないか。温泉街では皆が浴衣を着て、下駄《げた》を履いてからんころんと鳴らしながら歩くのだ。

川から湯気が立っている。そうか、この町に漂う匂いはこれだ。

「ひょっとして、川に温泉が流れこんでいるのかい」

「そう。川底から温泉が出ているんだ」

「するってぇとあれだな？　川に降りて河原を掘れば温泉が出てくるってぇあれだな？」

勢い込んで訊いてしまった。ツヨシは大きく頷く。

「出るよ。夏、僕たちは川で泳いで、身体を温めるのによく掘るよ」

私もそうしてみたかった。こんな形で訪れてしまってまったく残念だ。さっさとこのわけのわからない事態を解決して、思う存分温泉街を楽しみたい。

「温泉に入れないってぇのが残念でしょうがないぜ」

ツヨシが私を見た。

「入れるよ？」

「うん？」

「うちにも温泉が出てるから」

なんと。

「寺にあるのかい⁉」

山の上にも源泉があり、そこから直接引いているという。しかも寺が出来たときに一緒に作った露天風呂だと。

「屋根はついてるけどね」

それを早く言ってほしかったと心底思った。ひとつ風呂浴びてからでも、と考えてしまったがそんな余裕はないのだった。

ツヨシは川沿いの舗道をどんどん歩いて行く。私は編み笠を深く被り、托鉢僧の格好で錫杖を鳴らしながらそれについていく。しかしうまい隠れ蓑《みの》だ。

この町ではツヨシはお寺の息子として知られているのだろう。したがって私がこの格好でいる限り、誰が見てもお寺の息子に付いて歩く修行している素人《しろうと》に見えるわけだ。仮に私を拉致した連中が見ても不思議に思わない。

おそらくはこの町の中心部だろうところを通り過ぎ、川沿いに並ぶ建物も少なくなった感じたとき、ツヨシが私の脇までやってきて、あそこだよ、と小声で私に告げた。小声で、しかも指を差さなかったところは、ツヨシは実に賢い。状況をきちんと把握している。このまま助手として雇いたいぐらいだ。

湯郷〈岩谷屋〉は川の反対側、河原に櫓《やぐら》を組んだような形でそこにあった。

「こりゃあすごいじゃないか」

思わず呟いてしまった。和洋折衷と言えばいいのか。西洋館のようでもあり、日本家屋のようでもある。まるでどこかの観光地にある、文化財のような立派な建物ではないか。こちらから見る分には二階建てで、櫓のような部分は河原に張り出し、その下はおそらくは露天風呂なのだろう。岩で組まれている部分が見える。

あそこで過ごす休日はさぞや快適だったろうと想像する。

風情ある和室に通され、その縁側からは川が望め、渡る風の涼やかさや山の木々の紅葉を愛《め》でられる。本来ならば今ごろそういう状態でいられたはずなのだ。あの素晴らしい温泉旅館で。

本気で私の頭をなぐって気絶させた連中に腹が立ってきた。

「歴史ある建物なのかい」

「この町でいちばん古いんだって。外国人の別荘として建てられたって言ってたよ」

なるほどさもあらんといった風情だ。

確か、オ・ヴィラでもミッキーに聞いたはずだ。ここ北海道では開拓の際に多くの外国人が、我がアメリカからも多くやってきて様々な技術を伝えていったと。

その中の一人があの家を建てさせたのか。そういえばあのファサードなどは古き良きアメリカの家の味わいがあるが、どこの国の外国人だったのか。訊くとそこまでは知らないとツヨシが言う。

「ついでに訊いてくるね」

「おう、頼むぜ相棒」

打ち合わせ通り、私は〈岩谷屋〉へと渡る小さな橋の手前で立ち止まった。ここでじっと立ちつくし、お経の真似事を唱える。この町ではよくある光景なので、地元の人は誰も不思議に思わないそうだ。

駆けて行くツヨシの後ろ姿を眼で追い、さらに周囲に気を配る。午前中とはいえ日曜日だ。大勢とは言えないが、明らかに温泉旅館の客たちがそこかしこを歩いている。

錫杖を抱え、左手には古い木の椀を掲げ、右手を広げまっすぐに立ててお経を唱える。そうすると本当に自分が僧になる修行をしているような気持ちになってくるから不思議なものだ。

どれぐらい待てばいいものかと考えたが、何、張り込みと同じようなものだ。違うのは、誰に見られてもいいという気楽さだが、反面ずっと立っていなければならないというのが辛《つら》いがしょうがない。

抜かりなく周囲に目を配りながらも〈岩谷屋〉を眺めていた。

実に、素晴らしい建物だ。これこそまさにシブみ、というものだ。これは確かにエドでなくても合併して一緒に仕事をしたくなるのではないか。

それと同時に、ここの経営状態はどうなのだろうと考えた。

今、日本は景気がいいと聞いている。それはアメリカにいても新聞に記事が載るぐらいだから相当なものなのだろう。こういう温泉地も所謂リゾートブームというものに沸いているという記事も読んだことがある。

〈岩谷屋〉から浴衣姿の男女が出て来て一瞬緊張したが、ただの泊まり客のようだ。中年の、夫婦だろうか。おそらくそうだろう。立ち居振る舞いにそれが見て取れる。不倫とか何か訳ありのカップルにはそれなりの空気が漂うものだ。

夫婦はゆっくりと辺りを眺めながら私の方に歩いてくる。手前で旦那さんの方が立ち止まり、懐から財布を取り出し、小銭を私の持つ木の椀に入れ、二人で同時に手を合わせ拝んだ。私も教えられた通り、経を唱えながらゆっくりと頭を下げた。二人はそのまま何事もなかったように歩いて去って行く。

なるほど。これがそうなのか。

少しばかり感動していた。

やってはいけないのだろうが、そっと木の椀を覗き込んだ。そこには百円玉と五円玉が入っていた。五円玉を人に渡すというのは、日本語でいうところの〈ご縁がありますように〉というダブルネーミングもあるという話は知っている。思わず頬が緩む話ではないか。そういうところも私が日本を愛する理由だ。

さて、他にどんなご縁があるかとまた周囲を見回すと、〈岩谷屋〉の裏の方から走り出てくるツヨシと、それを追いかけて走る女の子の姿が見えた。あれがどうやらクラスメイトのエミーなのか。風に揺れる長い黒髪が印象的な女の子だ。

ツヨシは私のところまではやってこないで、眼でこっちへ来いと合図して山の方へ歩いて行く。エミーもぺこんとお辞儀をしてツヨシの後へ続いた。どこか、話ができる場所へ移動するのか。ここは優秀な仲間を信頼して、歩き出した。

どこへ行くのかと思えば、二人は土手を降りていった。そこに、東屋と言えばいいのか、六角形の小さな建物で屋根があり、中にはベンチとテーブルが置いてある。二人はさっさとその中に入り、木製のベンチに腰掛けている。私もそこに入っていった。

「ここは？」

「うちのです」

エミーが大きな瞳を私に向け、にっこりと笑って言った。

「こんにちは、岩谷恵美です」

「よろしくな。ザンティピーってんだ」

編み笠をほんの少し上げ、エミーを見る。大きな眼に好奇心がたくさん浮かんでいる。可愛い女の子だ。将来性は充分すぎるほどではないか。

「恵美は大丈夫」

ツヨシは言う。

「全部話したけど、頭も良いし、口は堅いから」

「そうかい。済まねぇな」

実際、子供たちというのは素直な分、約束を守ってくれる。ぺらぺらと喋ってしまうのはむしろ大人たちの方なのだ。

「ここもね、うちで托鉢の修行をする人が休憩する場所だから、誰も変に思わないから」

なるほど。

「今、裏の方から出て来たけどよ。あそこに家族も皆住んでるのかい？」

エミーに訊くと頷いた。

「裏の方に家があるんです。ほとんど旅館と繋がっているけど」

なるほど。

「それでね、ザンテさん」

「おう」

ツヨシがエミーと顔を見合わせてから言う。

「パトリシアさんはちゃんと来てるって。一人で〈岩谷屋〉に」

私は大きな溜息をついた。その息でテーブルの上の埃《ほこり》が舞ったほどだ。

心底、ホッとした。

とりあえずパットの無事はこれで確認された。心の中にあった大きな重しが半分、いや三分の二以上は消え去った。

「でもね」

ツヨシが顔を顰めた。

「ザンテさんは急用ができて、後から来ることになったって言ってるんだって」

私も顔を顰めた。

「そうかい」

それは、予想はしていたことだ。もし、パットが無事で一人でここにいるのならば、私のことはそう説明するしかないだろうと。

そして何故、パットがそういう嘘をつくか。

「脅されてるのかな」

ツヨシが小声で言う。まったくこの子は頭が良い。

「かもしれねぇな」

その可能性は大きい。私を殴った奴らの目的はまったく不明だが、とりあえず事を荒立てることはしたくないのだろう。

「エミー」

「はい」

髪の毛を揺らして背筋を伸ばした。

「パット姉ちゃんとは会ったのかい」

「会いました。さっきまで一緒に話してたの」

「おっ、そうかい」

エミーはにっこり笑う。

「うちの特別なお客さんだから、できるだけお世話をするようにってお父さんが」

なるほど。いや待てよ。

「エミーは、英語ができるのかい」

パットは日本語がまるで話せない。多少は勉強したというが、せいぜい片言の挨拶ができるぐらいだ。エミーは頷いた。

「小さい頃から習っていたから、難しくない話だったらできます」

『難しくないというのは、これぐらいは聞き取れて話せるということかな？』

英語で言うと、エミーはすぐさま『Yes, I Can』と答えた。いい発音だ。ますます好都合というものだ。

「エミーはどう思った。パット姉ちゃんの様子はどうだったたい」

「それが」

ツヨシと顔を見合わせた。

「さっきツヨシにも言ったんだけど、来たときからなんか心配そうだったの。落ち着かないっていうか」

「そうかい」

「お父さんに言ったら、一人で知らない国にいるからかなって」

そこで私は肝心なことを確かめていない自分に気づいた。捜査の基本ではないか。

やはりこんな格好をしているせいか多少浮ついていたようだ。

「ところで、エミーのお父さんはトモノリ・イワタニさんかい」

そうですってエミーは頷いた。間違いない。エド・ヒースウッドの長年の友人だ。

「ユウヤってぇのは、エミーの兄ちゃんかい」

「そうです」

二人兄妹だそうだ。とても優しい兄だとエミーは言う。それにはツヨシも頷いた。

「祐也兄ちゃんはいい人だよ。けっこうハンサムだし」

少なくとも、エドが心配していたような、パットの相手にふさわしくない男ではないようだが、それはまぁ後回しにしていい。

「あと、家族は？」

「お母さんと、おじいちゃんがいます」

お母さんは朋子《ともこ》で祖父は千野介《ちのすけ》だと教えてくれた。

「うちのおじいちゃんとも仲がいいんだけどね」

ツヨシがそう言ってから少し顔を曇らせた。

「どうしたんでぇ」

「ツヨシのおじいちゃんの鉄心さんは元気だけど、うちのおじいちゃんは最近は寝たきりで」

エミーが悲しそうな顔をする。お年は八十歳だと言う。〈岩谷屋〉の創業者であるのだが、もう人の介護なしでは生活できないのだと。

「そうだったかい」

時の流れは残酷だ。どんなに立派な肉体を、神の如き頭脳を誇ろうが、老いはいつかやってくる。聞けばエミーはおじいちゃんが大好きなのだとか。商売が忙しい両親の代わりに、小さい頃からいつも一緒にいてくれたと言う。

「人間はなぁ」

二人の顔を見た。

「いつかは死んじまうんだよ。でもな、エミーもじいちゃんとたくさん遊んだんだろう？　いっぱい思い出があるんじゃねぇか？」

頷いた。私はにっこりと微笑んだ。

「死ぬときにはなぁ、人間てぇのはそういう楽しい思い出をノートにして全部抱えていくもんさ。そしてな、あっちでその思い出のページを一枚一枚開いてな、また楽しんでいくんだぜ。エミーのじいちゃん、チノスケさんはまだ話はできるんだろ？」

「少しはできます」

「だったら、その楽しい思い出のページを、もっともっと増やしてやりゃあいいんだよ。それだけでいいんだ」

エミーは微笑んで、大きく頷いた。良い子だ。お年寄りを思いやれる気持ちをずっと持ち続けて欲しいものだ。

私は、袂《たもと》に入れておいた煙草を取り出した。少し二人から離れて火を点け、煙を吐き出す。だが、失敗した。編み笠の中に煙がこもってしまって眼に染みる。

少し編み笠を上げたときに、〈岩谷屋〉から出てくる男たちが眼に入ってきた。スーツ姿の男が三人。

「エミー」

「はい」

「あの連中は、お客さんかい」

そうではないだろうと見当は付いた。どこの世界にこんな素晴らしい温泉街にあのようないかついスーツ姿でやってきて、あのように険しい顔で帰る連中がいるというのだ。どう考えても温泉で何もかも洗い流してきた様子ではない。振り返って見たエミーは、あぁ、と頷いた。

「兼実さんたち」

「カネザネさん？」

「おじいちゃんのお友達の、会社の社長さんです」

「会社ってぇのは？」

エミーがほんの少し顔を顰めた。

「兼実観光開発っていう会社です」

観光開発。その単語は私の日本語の語彙《ごい》にはなかったが、観光と開発はある。その二つがあわさっているのだからそういう会社なのだろう。

「あいつらのこと、恵美は嫌いなんだよね」

ツヨシが言うとエミーは頷いた。

「どうしてでぇ」

エミーは口を尖《とが》らせた。黙っているとエミーは十一歳とは思えない大人っぽい表情だが、こういう表情は子供っぽくて可愛らしい。

「だって」

少し口ごもる。

「うちを買おうとしている会社なんです」

「買おうとしてる」

それは、買収ということか。

「チノスケさんの友達って言ったよな」

エミーは頷いて、もう車に乗り込もうとしている連中を見た。

「あそこにいるのはおじいちゃんの友達の息子で、今の社長さんです」

千野介さんの友人は既に引退して会長職に就いているそうだ。私の胸の中のノートに疑問符が書かれた。

エド・ヒースウッドが言っていた言葉を思い出す。

『結婚するかどうか、いや付き合うかどうかさえあくまでも本人たちの意志次第ですが、私もイワタニもそれを望んでいるのは事実です。そして我が〈イースト・ヘブン・ホットタブ〉とイワタニの旅館〈イワタニヤ〉が合併して、日本とアメリカで大きな前進ができればいいと考えているのです』

そうだ、確かにそう言っていた。

しかし、今ここに、〈岩谷屋〉を買収しようとしている連中がいる。

これは、このおかしな事態を解きほぐす糸口になるのか？

5

夕暮れの頃に私は洞穴に戻った。むろん、〈北辰寺〉の自慢の風呂に浸かって疲れを取り、その絶景とも言うべき眺めを存分に楽しんでからだ。

『それにしても』

素晴らしかった。まさか寺にあれほどの温泉があるとは誰が予想するだろう。水の色はあくまでも透き通っているのだが、肌に柔らかくまとってくるような湯は嘗《な》めてみるとほんの少し甘味を感じた。

山の上にあるだけあって、屋根はあるが壁がない湯船からは山あいのジョーザンキーの町並みが一望できた。檜《ひのき》の湯船は長い年月にもはや香りはなくなっていたが、その肌触りはどこまでも優しかった。

『なんという贅沢なのか』

ツヨシは生まれたときからあの贅沢な風呂に毎日浸かっているのだ。本当に羨ましい。このまま長逗留と決め込みたいところだがそうも言っていられない。

ケイザン和尚の話では、ずっと見張っていたわけではないが、この洞穴に近づいた人間はいなかったそうだ。何はともあれ、申し訳ないが一緒についてきてもらい、元の状態に戻してもらった。ただし、細工をして自分の手で手錠も鎖も外せるようにして。ツヨシは虫よけスプレーというものを私の全身に掛けてくれた。これで蚊に刺されることもないだろう。

『そういえば』

洞穴の奥を見た。あそこにあった祠のようなものは何かを訊くのを忘れていたが、ケイザン和尚もテッシン和尚もまったく言及しなかったということは、知らないのだろう。相当大昔に、それこそあの寺が建てられる前にでも、地元の人が何かを祀ったのかもしれない。まぁそれはいい。

考えなければならない。

パットは無事だった。

一人で〈岩谷屋〉にいる。

そのまま〈岩谷屋〉に乗り込みパットを保護するという手もあったのだが、待った。

何故なら、パットがこの件に関係しているという線もまだ放棄はできないのだ。

何らかの目的があって、パットは私を荒療治で遠ざけた。可能性はかなり低いものの、まったくゼロパーセントではない。あの道を私たちが通ることを知っていたのは、〈岩谷屋〉の人間の他にはパットなのだから。

そうして、あのカネザネ観光開発という連中だ。エミーの祖父の友人ではあるが、〈岩谷屋〉を買収しにやってきているという。

エド・ヒースウッドは〈岩谷屋〉と合併の話をしていると言っていた。

買収話と合併話。

世の中にはよくあるトラブルの見本みたいなものだ。私もマンハッタンではその手の事件の調査をよく頼まれる。そうして、二度とごめんだという危ない事態に巻き込まれたこともある。

今回も、そうなのか。その可能性がないとはいえない。そしてその中心にパットがいる可能性もなきにしもあらずなのだ。

とりあえず、〈岩谷屋〉に居るのならば問題はない。

そして手は打っておいた。

エミーには、私のことは内緒にしてパットから眼を離さないでほしいと頼んだのだ。

それは、エミーがお父さんからお世話をするように頼まれたことと合致するから何ら不自然ではない。エミーは喜んで引き受けてくれた。何かあったらエミーはツヨシに電話をくれる。そしてツヨシは私に知らせてくれる。

もうひとつ、エミーには頼んだ。カネザネ観光開発というのがどんな会社で、〈岩谷屋〉を買収する話というのは具体的にどういうものなのかを調べてほしいと。子供の調べられることなど限界はあるだろうが、祖父のチノスケさんと友人だというのだから、おじいちゃんと仲の良いエミーならばその辺はいろいろ教えてもらえるだろう。材料は多ければ多いほどいい。

煙草に火を点けた。

『それにしても』

こんな風にして、外で夜を過ごすのは何年ぶりなのだろう。生憎と洞穴の中で景色を楽しめないのは残念だが、自然が溢れる夜気の中でのんびりするなど、子供の頃のキャンプ以来ではないだろうか。

きっと奴らはやってくるのに違いない。それまでに決断しなければならないことがある。

強硬手段という手もあるのだ。

おそらくは私に食料を運びに奴らはやってくる。油断しているはずだ。そしてこの暗がりだ。昨夜と同じように黙って荷物を置き、立ち去ろうと背中を向けた瞬間にこの手錠と鎖を外し、後ろから襲いかかり、何もかも白状させるという手段がある。

それをやるべきかどうかだ。

煙草の煙が暗がりに流れていく。

生憎とタフガイではない。しかも重傷を負って入院していて、退院したばかりなのだ。日頃行っていたトレーニングも何もしていない。身体はなまりきっている。やってきた相手が武道の達人だったらどうするか。事態が悪化するだけだ。

もうひとつ手段がある。

尾行だ。

やってきた男が立ち去ったのを確認してすぐさま後を追い、どこに行くのかを突き止める。

しかしこれも、山の中という不利がある。

懐中電灯を使うわけにもいかないので、転んで気づかれたら終わりだ。奴らが地元の人間だとしても夜中に移動するのには車を使うだろうからそれで立ち去られても終わり。ケイザン和尚に車を用意してもらおう、あるいは外に張り込んでもらって相手の正体を突き止めてもらおうという考えも浮かんだが、素人を、しかも助けてくれた恩人を危険な目にあわせるわけにもいかない。

いずれにしても、ひとりでやらなければならないし、何もしないわけにはいかない。

『どうするか』

尾行が妥当だろうと結論付けた。どこまで尾行できるか。車で立ち去られたとしてもせめてナンバーだけでも確認できれば。

日本でもナンバーで車の持ち主を照会できるシステムはあるはずだ。そのシステムを使えるのはおそらく警察だけで、私には手蔓《てづる》がないが、日本の諺《ことわざ》に虚仮《こけ》の一念岩をも通すとあるではないか。何か、突破する方法は見つけられるはずだ。

煙草を揉《も》み消したときに、音がした。

来たか。足音だ。

そして揺れる懐中電灯の明かり。

座って、来るのを待った。ほどなくして光が私の顔を捉えた。予想していたのであらかじめ眼を閉じ眩まないようにしておいた。

「顔に当てるのは勘弁してもらえねぇかな」

言ってみたが、やはり無理だった。どさりと、私の前に何か荷物が落ちる音がした。食料か。光は顔に当たったままだ。

「昨日とおんなじ兄さんかい」

無言。

「頼むよ。教えてくれよ。このまんまおいらはこの陽の当たらねぇ洞穴で死んじまうのかい。それだけは勘弁してくれねぇかなぁ」

情けない声を出してみた。もちろん演技だ。これでも大学時代は演劇部に所属していたのだ。

「国にはさぁ、家族がいるんだよ。年老いた親がさぁ、おいらの帰りを待っているんだよ。せめてよぉ、死ぬ前に一言連絡させてもらえねぇかなぁ」

帰りを待ってはいないが、年老いた親が国にいるのは確かだ。わざわざ食料を運んでいるのだ。間違いなくこいつには情があると踏んでいた。

「西も東もわからねぇこの異国でさぁ、おいらはこの穴ん中で骨になっちまうのかよ。

頼むよ兄さん。なんでもいいからさぁ、話してくれねぇか。どうしてこんなことになっちまったんだい」

骨というのはアドリブで出てしまったが、そういえば去年は骨で悩まされたのだったなと思い出していた。

懐中電灯の男は、立ち去らない。私の話を聞いている。

「兄さんよぉ」

「殺しはしない」

答えた。昨夜と同じ男だ。声の質からいっても中年の男。

「殺さねぇ？　本当かい？」

焦ってはいけない。せっかく答えてくれたのだ。

「本当だ」

無理に発声している様子はない。これが地声なのだろう。もう、覚えた。今度こいつに会えば声で判る。

「じゃあよ、いつまでここに閉じ込めておくんだい。頼むよ。それだけでも教えてくれねぇか。気が狂いそうになるんだよ。せめて期限でも判ればさぁ、希望が持てるんだよ。兄さん」

焦悴《しょうすい》し切った哀れな中年男を演じ切る。今の私の様子を見ればハリウッドのプロデユーサーでもスカウトに来るだろう。

「もう、二、三日だ」

二、三日？　そう言った途端に懐中電灯の光が動いて、また洞穴の壁に反射して男の姿を一瞬浮かび上がらせた。やはり、昨夜と同じ男だ。ゆっくりと遠ざかっていく。

決断した。尾行だ。やはりこの場ではそれしかない。

立ち上がろうとしたとき、何かが、待て、と命じた。

私の頭の中で何かが音を立てて組み立てられる。

この男の〈声〉は。

まさか。

しかし考えるのは後回しにして、急いで手錠と鎖を外した。音を立てないように細心の注意を払いながらゆっくり立ち上がり、男の後を追う。地面に滑るようなところはないことは確認済みだ。

外に出る。生憎の闇夜だ。月が雲に隠れてしまっている。懐中電灯の明かりは既に下に向かっている。けもの道ともいえないところを、その揺れる光だけを頼りに下りていく。

これは難しかった。何せ音を立ててはいけない。しんと静まり返った山の中だ。木々を揺らすだけで相手に気づかれてしまうだろう。

星明かりだけを頼りに眼を凝らすが、かなり難しい。懐中電灯の光がどんどん遠ざかると思っていたら、小さな声が上がって何かの音がして、急にその光が消えた。

転んだのだ。

痛い、という声も聞こえてきた。このチャンスを逃してはいけない。距離を詰めた。下の道路の様子が見える距離になったところで、再び懐中電灯の明かりがついた。

そうして、声が聞こえた。

「どうした。大丈夫か」

別の男の声。

「転んだ。大丈夫だ」

さっき洞穴にやってきた男の声。

「あいつは？」

「あぁ、元気だ」

そうして、車のエンジンを掛ける音。ドアが開く音。私は急いで滑るようにして山道を駆け降りた。車の中に入ったのなら草を掻《か》き分ける音など聞こえないだろう。車の走り出す音が聞こえたところで私はアスファルトの道路の上に飛び降りた。そのまま身体をその上に伏せた。

遠ざかる車のテールランプが見える。

ナンバーは。

04。

『くそっ!』

はっきりわかったのはその二つだけだった。日本車のナンバーは四つの数字で構成されているはずなのだが、二つではどうしようもない。

溜息をついて、起き上がる。夜はほとんど車の通りがないと聞いてはいるが、いつ他の車がやってくるかわからない。道路に寝そべっていたままで轢《ひ》かれてはモンティ・パイソンも真っ青のギャグだ。

煙草を取り出して火を点ける。走り去った車はもうカーブを曲がり、視界から消えた。紫煙を流した。

『まぁしかし』

話が出来ただけでも収穫はあったというものだ。

はっきりとあの男は言った。

〈殺しはしない〉

そうして、いつまで閉じ込めるのかという質問にも答えた。

〈もう、二、三日だ〉
二、三日。そう言った。
明確ではないが、しっかりとした期限があるのだ。いや少なくともそれが終われば私を解放するという意志があるのだ。

それはつまり私を閉じ込めている間に、何かを行うということだ。それを行うのに、私がいては邪魔だということなのだ。だから私をあそこに閉じ込めておく。

『それは、なんだ？』

考えながら自分が何か違和感を抱えていることに気づいた。煙草を吹かしながら首を捻った。なんだこの違和感は。何に感じた違和感だ？

会話。

そうだ。さっき聞いた二人の男の会話の声の様子だ。

〈どうした。大丈夫か〉

〈転んだ。大丈夫だ〉

〈あいつは?〉

〈あぁ、元気だ〉


『あいつらは』

のんびりしていたのだ。およそ私を拉致して閉じ込めておくという荒っぽいこと、はっきり言えば犯罪を犯しているのにもかかわらず、その会話の声にはこれっぽっちも緊迫感が感じられなかった。

まるで待ち合わせをしていた同僚とこれから飲みにでも行くかのような、のんびりとした調子だったのだ。

それは、何故だ?

その答えを私は知っている。伊達《だて》に犯罪都市とまで揶揄《やゆ》されるニューヨークで刑事を経験し、今現在探偵をやっているわけではない。

☆

「プロじゃねぇかなと思うんですよ」

山道を駆け降りたり、さらに石段を上がったりして汚れた身体を、また温泉につかってさっぱりさせてもらった。ケイザン和尚は私のために用意してくれた本堂に繋がる部屋まで様子を見に来てくれた。

「プロですか」

ビールでも飲みますかとまで言ってくれたが、食事のお世話になってる上に酒まで貰ってはまったくもって申し訳ない。風呂上がりの冷たい炭酸水だけごちそうになった。少し甘かったが、旨かった。

「素人ならあんな落ち着きはねぇってもんで」

「日本でそういうことのプロとなると」

ケイザン和尚の顔が歪んだ。

「ヤクザですか」

日本のマフィアと言えば、ヤクザだ。それはニューヨークでも知られている。その他に日本に犯罪のプロ集団は、あるのかもしれないが、私は知らない。しかし。

「そこまではまだ断定できねぇんですけどね」

材料はある。さっきエミーが言っていたあの会社だ。日本の状況に詳しくはないのだが、ニューヨークで土地開発を行う会社ならば、裏でいろいろと危ないところと繋がっていることがある。むろんまともな会社がほとんどなのだが、土地建物を手に入れて何か開発を行うというものには利権が付き物だ。そして利権に群がる怪しい連中がいるのは、先進国ならばおそらく常識だろう。

「それにですね和尚」

「はい」

「確認は取れてねぇんですけどね。その洞穴にやってきた男なんですが、おいらたちが日本に来たときから尾《つ》けていたようなんですよ」

「なんですって？」

間違いないと思う。

あの札幌の空港で荷物を待っているときに眼が合って、声を掛けてきた男だ。ジョーザンキーに行くならレンタカーがいちばんいいですよ、とアドバイスをしてくれた男。

「その男の声に間違いねぇと思うんですよ。ってぇことは、あいつは同じ飛行機に乗っていましたからね。東京からずっとおいらとパットを尾けてきて」

「レンタカーで行くことを勧めたってことは」

「はなっから計画していたってわりで」

もちろん、パットと私がバスやタクシーで移動する可能性もあったのだ。そういう場合は何か別の方法を考えていたのに違いないが、車で移動してくれるのが向こうにとってはいちばん都合が良かったのだ。だから、わざわざ話しかけてレンタカーを勧めた。

ケイザン和尚は唸《うな》って腕を組んだ。

「やはり、警察に通報しましょうか？」

それがいいかもしれない。ヤクザが、いやあくまでも仮にだが、犯罪組織がここまできっちり計画して動いているということはそれなりのことなのだ。

経験上、彼らが動くということは、何らかの利益があるからなのだ。利益のないところで動くはずがない。その利益を得るためならば、犯罪組織はどんなことでもやる。少なくともニューヨークではそうなのだ。

私を生かしておいたり、こんな風に出歩いても気づかないなどと、妙に甘いところはあるにしても、いつ豹変するかわかったものではない。

さっさとパットの前に姿を現わし保護して、全てを警察の手に委《ゆだ》ねるべきか。

日本の警察は優秀だと聞いている。仮にパットが何かとんでもないものを隠していたとしても、警察が出て来ては真実を話すしかないだろう。

「そうするのがいいみてぇですね」

ケイザン和尚も頷いた。

「電話を貸してもらってもいいですかね？」

「もちろんです。私が電話をしましょう」

ザンテさんのその口調じゃあ冗談かと思われますと笑った。もちろん普通の口調でも喋ることはできるのだが、そのことは言ってなかったし、どうでもいいことだ。

「違《ちげ》えねえ」

二人で立ち上がったときに、軽やかな足音が響いた。戸が勢いよく開けられる。

「ザンテさん！」

ツヨシだった。その表情が、真剣だった。

「どうした」

和尚が訊いた。ツヨシが私たち二人の顔を見た。

「恵美から電話があった！」

「エミーから？」

「パット姉ちゃんがいなくなったって！　荷物もないって！」

手紙があった。おそらくは自分のメモ帳をちぎったものだ。

〈ごめんなさい。パトリシア〉

走り書きだ。かなり急いでいたのだろう。もちろん、英語でそう書いてある。簡単な英語ではあるが、ネイティブな英語の走り書きは、見慣れない日本人には相当読みづらいだろう。

6

「イワタニさんよ」

「はい」

ようやく会うことができた〈岩谷屋〉の主人、トモノリ・イワタニの顔を見た。詳しくはないが、この年齢の日本人にしては身長が高いのではないだろうか。鼻筋が非常に高く、実に趣のある顔をしている。

「こういう古い旅館はよ、宿帳にサインをしてもらうんじゃねぇのかい？ そういうのを映画で見たことあるんだけどよ」

私が何故こういう日本語がペラペラなのかの説明はまだしていないが、それは後回しでいい。非常事態なのだ。

「はい、してもらっておりますが」

ラッキーだった。

「パットは宿帳にサインしたかい？」

「はい、しました！」

「ちょいと見せて貰えねぇかな。こいつが」

私はパットの残したメモをヒラヒラと振った。

「本当にパットの書いたものかどうか確かめてぇんだ」

宿帳を持ってきたのは日本の伝統的なベスト、法被《はっぴ》だったか、それを着た人物。ひょっとしたらあれが映画などで番頭さんと呼ばれている職種の人物だろうか。すぐさま宿帳を開いた。英語でサインしているのはパットしかいない。

見比べた。

「間違いねぇな。これを書いたのはパットだよ」

素人が見てもわかる。もちろん真似することもできるだろうがそれはないと直感が言っている。

「ということは、誘拐されたとかいうことではないんですね」

ケイザン和尚が言った。

「それはないと思います」

そう、イワタニさんが答えた。むろんこの二人は面識があり、仲の良い友人だという。なんといっても仲良しの子供たちの親なのだ。

イワタニさんは私の顔を見て続けた。

「パットさんが荷物を持って一人で玄関を出ていったのを、仲居の一人が見かけておりますので」

「そうかい」

パットは一人でここを出ていった。

まったく次から次へと予想外のことが起きる。しかし、こういうときには焦ってはいけないのだ。

私は、パットの保護者としてここに来ている。私が何かを決断しなければならないのだが。

「ザンティピーさん」

「おう」

「今、うちの息子がタクシーを調べております」

「タクシー？」

　イワタニさんが頷いた。

「この時間では通常の運行バスはもうございません。この町から出ていくにはタクシーを使うしかありませんので」

　なるほど。

「外国人の女性を乗せたタクシーがいないかどうか、今確認してもらっています。もちろん、町のどこかにいないかどうか、動かせる人間は全部動かして探させていますので」

　頷いた。今はそれしかないだろう。

「申し訳ねぇですね」

　私はイワタニさんに深々と頭を下げた。実に適切な処置だ。エドが最高の友人だと、そしてビジネスパートナーとしたいと言っていたのも判る。このトモノリ・イワタニ氏はかなり有能な男なのだろう。

　私たちは、パットが使っていた部屋に全員で立ちつくしていた。客用にも使える部屋ではあるが、家族が住む別棟に近くて、庭を通って行き来できる部屋だと言っていた。

　私は、背筋を伸ばし、イワタニさんにお辞儀をした。

「ご挨拶が遅れちまって申し訳ねぇ、パットと一緒に来る予定になってたザンティピーてんで。以後お見知り置きを」

　イワタニさんも同じようにお辞儀をしてくれた。

「お待ちしておりました。岩谷智則です」

　座りましょう、とイワタニさんは言った。広い座卓に私とケイザン和尚、そしてイワタニさん。縁側のところにある椅子にはツヨシとエミーが座っていた。イワタニさんが二人に声を掛けた。

「恵美はもう部屋に戻って寝なさい。明日は学校だぞ」

　えー、という声が上がった。

「そうだ。剛も帰りなさい」

ケイザン和尚が言うと、イワタニさんが後を続けた。

「うちの者に送らせましょう」

「あぁ、申し訳ないです」

たぶん、これはいつものことなのだろう。ケイザン和尚とイワタニさんは何の躊躇も遠慮もなく互いに頷きあっていた。時刻は十時三十分を回っている。日本の習慣では小学生はもうとっくに寝る時間なのだろう。

「ツヨシ、エミー」

呼ぶと、二人が立ち上がりながら私を見た。

「ありがとよ、おめぇたちのお蔭で随分助かった。ちゃあんと後で説明するからよ」

二人が微笑んで頷いた。

「おやすみ、ザンテさん」

「おう、おやすみ」

二人が出ていき、それと同時に仲居さんがお茶を持ってきてくれた。ありがたくいただきながら、今までのことを三人で話し合った。

私が、ついそこまでパットと一緒に来ていたのに頭を殴られ、山の洞穴に放り込まれていた経緯を聞くと、イワタニさんは心底驚いていた。それで身体は大丈夫なのですかと心配してくれた。

その様子に私はひとつの可能性を除外した。

あの連中とイワタニさんはまったく関係ない。少なくとも今回のことはまったく知らなかったのだ。そう確信した。

もしこれが演技ならば、イワタニさんもアカデミー賞俳優並みの演技力を持っていることになる。

「まさかそんなことになってるとは」

「パットが来たときの様子を教えてくれねぇかい」

頷いた。

「歩いてお出でになりました。てっきり空港からバスで来たと思っていたのですよ。すぐにお出迎えに出たんですが、お一人だったのでどうしたのかと訊いたのですよ。そうすると、ザンティピーさんは用事があって後からやってくると」

「そのときに、他の車が一緒に来たってぇことは」

「なかったと思います」

パットは多少ナーバスになっていたとは、エミーに聞いた。それも確認するとイワタニさんは頷いた。

「お一人だったので、何かと心細いのだろうと思っていました。幸い土曜日で恵美がいましたし、英語も日常会話はできますので、一緒に居てあげるように言ったのです」

当初の予定では、私も一緒に家族全員で食事をするつもりだったとイワタニさんは言った。その場で、改めてパットと息子のユウヤの顔合わせをして、あとはのんびり滞在してもらおうと。

「パトリシアさんが望めば、旅館の手伝いもしてもらってもいいと考えていました。エドとは手紙でそう確認しておりましたので」

お客としてのんびりしてもらい、同時に温泉旅館の経営を学ぶものとして実地で仕事をやってもらおうとも話していた。

「何はともあれ、エドが代理人とした、ザンティピーさんの到着を待とうと思っていたのですが」

「そうだったかい」

足音がした。失礼します、とよく通る声がして襖《ふすま》が開いた。駆け込んできた若者は、彼がユウヤ・イワタニなのだろう。なるほど、ツヨシが言っていたようになかなかのハンサムだ。

「確認が取れました」

ユウヤは、私の顔を見た。

「パトリシアさんは、外国人の男性と二人で、隣町の鉄道の駅までタクシーに乗ったそうです」

「なんだって？」

外国人の男？

驚く私に、ユウヤは頷いた。

「まったく日本語が話せないようでしたが、タクシーの運転手が片言の英語で対応したようです。鉄道の駅へ向かってくれと女性の方が言ったと」

「どんな男だったかってぇのは」

ユウヤが少し顔を顰めた。

「残念ながら、金髪の、巻き毛の若い男性としか判りませんでした。二人とも同じぐらいの年齢なのではないかと言っているそうです。乗っている間、ずっと小声で、深刻そうな雰囲気で話し合っていたと」

金髪の巻き毛の若い男。

ケイザン和尚とイワタニさんは、困惑した表情で私を見た。

「どういうことなんでしょう、ザンティピーさん」

煙草を取り出して、火を点けた。

少し考えさせてくれと手で示して、煙を吹かす。

突然現われた外国人の男。

自分の意志でここを出ていったパット。

頭の中で何かがフル回転していた。

思い出せ、思い出せザンティピー。パットと会ってからここまでのことを何もかも、一秒単位で思い出していけ。

何かなかったか？　この事態を示すような兆候は？

そうだ。

『あった』

思わず英語で呟いてしまった。二人が私を見た。もう少し待ってくれと手を広げた。それで間違いないか？

いや、それしか考えられないだろう。

「イワタニさん」

「はい」

「同じ町の、温泉旅館同士の繋がりってのが、もちろんあるんですよね」

「あります」

旅館協同組合の長をイワタニさんはしていると言う。それは都合がいい。

「各旅館やホテルに電話してよ、昨日、宿泊して今日になってチェックアウトした若い外国人の男がいたかどうかをすぐに調べられるかい？　そうだな、英語でも対応してくれるホテルから調べてもらうのがいいんじゃねぇかな」

ユウヤが、そうか！　と膝を打った。

「すぐに調べます！」

「済まねぇな。頼むぜ」

ユウヤは部屋を出ていった。

「どういうことですか」

ケイザン和尚が言う。

「どうもこうもねぇよ。答えはひとつしかねぇ」

そうだ、それしかない。

「パットはおいらと一緒に日本に来たんだが、もう一人の別の連れがいたってことじゃねぇのかい」

「もう一人の？」

「別の連れ？」

おそらくは。

「パットの、恋人」

「恋人⁉」

イワタニさんが眼を丸くして驚いた。

そうなのだ。恋人だ。それしか考えられない。

思えば、そうだったのだ。

パットと二人で日本に向かう飛行機の中でずっと感じていたあの感覚。ほとんど観光と言って差し支えない旅のはずだったのに、何かが私の職業意識に引っ掛かっていた。探偵としての仕事のモードが入りっ放しだった。

その理由が何なのかさっぱり判らなかったのだが、理解できた。見られていたからだ。

その外国人の、いや、私にしてみれば同じアメリカ人の男に。

その感覚が、私を観光気分にさせなかったのだ。

「パットも、そうだったんだよ」

ずっと落ち着かない様子だった。それは単に初めての日本への旅の緊張感からだと思っていたのだが、きっとその男が本当に一緒に来ているかどうかが判らずに、見つけられずに不安だったのに違いない。

「東京の空港に着いて、初めてパットは安心したような様子を見せたんですがね」

あれはきっと、そこでようやく男を見つけたのに違いない。一緒に日本に来ていることが判ってホッとしたのではないか。

「では、あれですか」

イワタニさんが言う。

「まさか、パットさんがいなくなったのは、駆け落ちなのでしょうか？」

「いや」

煙草を吹かした。

「そう結論付けるのは、早すぎるってもんで」

推論でしかないが、間違いないと思う。私は二人に改めて、エド・ヒースウッドから頼まれたことを話した。りょうど当事者のユウヤはいない。はっきり言ってもいいだろう。

ケイザン和尚はなるはどと頷き、イソタニさんも深く同意して言った。

「それはもちろん私も承知していました」

エドとまったく同じ考えだったと。

「二人の気持ちが第一ですからね。それに、こちらも失礼ですが、パトリシアさんが日本に馴染《なじ》めるかどうかも、私は不安でしたから」

「あんたはあんたで、そういうことを確かめようとしていたってこったね」

「その通りでございます」

そして、それを全部パットは承知していたのだ。

「おいらの役割も全部パットは判っていた。なのによ、恋人がいるのにもかかわらず、黙ってここまで来たのは、恩も愛情もある父親のエドにはどうしても言えなかったんじゃねぇのかな、自分には恋人がいるんだと」

パットは、奥ゆかしい控えめな女性だ。感覚的には日本の女性に近いのではないか。

「どっちが言い出したのかは判らねぇけどよ。二人でここまで来て、パットはこの場でおいらに恋人を紹介するつもりだったんじゃねぇか？　ごめんなさいと謝ってよ。おいらに、おいらの口から父親に、エドに伝えてもらおうと思ったんじゃねぇのかな」

それこそ、だ。

「もう二度とアメリカには、いや、父親の元には帰らねぇぐらいの覚悟でよ。裏切っちまうんだからな。父親の愛情を」

「いやしかしですね」

イワタニさんは少し驚きながら言った。

「エドは、そんな男ではないはずです。恋人がいるならいるとはっきり言えばわかってもらえるとは思うのですが」

「それでも、言えなかったのさ」

パットはそういう女性なのだ。エド自身も、そういうパットを判っていたからこそ。

「おいらを雇ってここまで来させたんだ」

第三者であれば、パットも素直な気持ちを出せるのではないかと。

「では、何故」

ケイザン和尚が言った。

「何故、彼女は出ていってしまったんでしょう？　その恋人と二人で」

私は煙草を挟んだ指を上げた。

「そこなんだよ和尚」

そこがまだはっきりしないのだが、それもうすぐ判るかもしれない。そう言ったところで、ちょうどよく足音がした。

「判りました！」

勢いよく襖が開き、ユウヤが何かメモを持って部屋に飛び込んできた。

「セントラルホテルに該当者がいました。名前はイアン・メイリング。間違いなく、金髪の巻き毛だったそうです」

イアン・メイリング。

「そのイアンがチェックインした時間は判ったかい？」

ユウヤが頷いた。

「昨日の昼過ぎですね。パトリシアさんがここに来るより一時間以上前です。ちゃんと予約をしてます」

「これではっきりしたのだ」

「何がです？」

「まぁそんなこたぁねぇとは思っていたけどよ。可能性としてはあったからな」

パットが、私の襲撃を計画したという可能性。

「もしそうならその理由はよ、おいらを振り切ってこのまま二人でどこか遠いところまで逃げ出したかったということしか考えられなかったんだよな。でもよ、それなら」

「わざわざ〈岩谷屋〉さんに顔を出す必要はなかったんですね⁉」

「そういうこった」

恋人は、イアンはパットより前に来ていた。

「おいらたちは途中寄り道してから来たからな。それよりも早く着いていたんだろうさ。ってことは、もしパットがおいらを洞穴に放り込んだのなら、さっさと逃げ出せたはずなのに、パットは〈岩谷屋〉さんにちゃんと来た」

「それで、パットさんの疑いが晴れたわけだ」

ケイザン和尚は頷く。

「おうよ。パットはまったく関係ない。だから、逃げ出したのはおそらくイアンの意見じゃねぇかな。おいらが襲われて、たぶんパットはおいらを襲った連中に脅されたんだ。大人しく〈岩谷屋〉で待っていろとな」

「ところが、そのイアンさんが不安に感じたんですね？」

イワタニさんが言った。

「そんな感じじゃねぇかな。とりあえずここを離れようと。そのイアンにしてみりゃあ、おいらの生死なんかどうでもいい。パットの身の安全を確保することだけが重要なんだからよ」

ケイザン和尚もイワタニさんも、ユウヤも頷いた。ユウヤは話は聞いてはいなかったが、自分なりに今までの話を推測したんだろう。

「どこへ、行ったんでしょう」

ユウヤが言った。

「僕も、パトリシアさんと話はしました。日本にまったく知り合いはいないと。そのイアンという男性にはいるんでしょうか」

そこは、当たり前だが判らない。

「まぁ二人ともいい大人だし、金はあるんだから、ここから遠く離れたどっかのホテルに身を潜めるこたぁ簡単だろうさ。その気になりゃあ明日にでもアメリカに帰ることもできるってもんだ」

三人とも頷いた。

「だけどよぉ」

「だけど？」

私は首を捻ってみた。そうは、思えないのだ。

「少なくともよ、すぐにでもアメリカに帰るたぁ思えねぇんだよな」

「どうしてですか？」

ケイザン和尚が訊いた。

「イワタニさんよ。あんたはパットと会って話したんだ。そしてあんたは客商売のプロだ。いくら外国人でも、その人間と少しでも話せばよ、その立ち居振る舞いで、どんな人間かはだいたいわかるってもんじゃねぇかい？」

イワタニさんとユウヤは顔を見合わせた。

「その通りでございます」

「だったらよ。パットは、生死も判らねぇおいらをこのままにして、おまけに〈岩谷屋〉さんにも失礼をしたままで帰っちまうような女だと思うかい？」

「思いません。パトリシアさんはとても立派な娘さんと見ました」

イワタニさんが大きく頷きながら言った。

「おいらもさ」

そうだ。パットはそんな女性ではない。

「でも、それじゃあ」

ユウヤは言う。

「どこに行ったのでしょう」

それは、判らない。判らないが。

ひょっとしたら。

「イワタニさん」

「はい」

「もちろん、ファックスはあるよな」

「ございますが」

　やっておこう。可能性はあるのだから。

「紙とペンを貸してくれねぇかな。ちょいとあるところにそれをファックスで送ってほしいんだ」

「わかりました」

　用意してくれた紙に、私はサインペンで英語の長い文章を書いた。全員に読めるように日本語で書ければ良かったのだが、生憎と私は日本語の読み書きはできない。喋れるだけなのだ。

「こいつをこの番号に送ってもらいてぇんだ」

　ユウヤに渡す。

「ひょっとしたら、こいつでパットの居場所も判るかもしれねぇ」

「そうなんですか？」

的外れかもしれない。しかし、連絡しておく価値はある。

「とりあえずはパットは無事だろうよ。それこそよ、パットを命がけで守ろうとするナイトも一緒なんだからよ」

まずは心配しなくていいだろう。私を襲った連中も、洞穴にいた私を四六時中監視しなかったことからも、パットに監視をつけていないことは明白だ。

「ここにいろ、てぇ感じで脅したんだろうからな」

少なくとも、二、三日は。

「だからよ、パットはまだここに居るってことにして、それをまずはここの従業員の皆さんに徹底してもらえねぇかい？　誰かに何か訊かれても、ちゃんと滞在してるってよ」

「判りました」

ユウヤがイワタニさんと顔を見合わせてから部屋を出ていった。まったくこの三代目は話も対応も早い。パットに恋人さえいなければ私の方から一緒になった方がいいと勧めたいぐらいだ。

「さて、じゃあよ」

　連中の特定を急がなくてはならない。事態は動き出しているのだ。腰を据えて、一から始めなければならない。

「申し訳ねぇけど、ひとつずつ確認してぇんだ。ケイザン和尚も付き合ってもらって構わねぇかい？」

「もちろんですよ」

　日本ではこういうのを乗り掛かった船と言うんですよ、と微笑んだ。イワタニさんも頷いて、新しいお茶を淹《い》れてくれた。私が煙草に火を点けると、ケイザン和尚も懐から取り出し火を点けた。

「お坊さんも煙草を吸うのかい」

「生臭坊主ですからね。酒も飲みますよ」

　ニヤリと笑った。それはいい。全てが終わったらゆっくり酒でも飲みたいものだ。それこそ、湯船に浸かりながら、あのお盆の上に日本酒の徳利を載せてぷかぷか浮かばせながら飲む、ということをやってみたい。

「どうしておいらが襲われて、あそこに監禁されたのかってのを考えるとよ」

奴らは、何かを処理したかったのだ。私を足止めしたかった。

「つまりは、ここ〈岩谷屋〉さんに来させたくなかったてぇのが、正解だと思うんだよ」

それには、イワタニさんもケイザン和尚も頷いた。

「話を聞くと、それしか考えられないでしょうね」
二、三日とあの男は言った。私を二、三日閉じ込めておけばそれでいい。
「その一方で、パットをここまで連れて来ている。これもさっぱり判らねぇ」

私とパットは、今回の旅ではワンセットなのだ。パットをここに連れて来ることが第一義で、私はその付属品に過ぎない。

「つまり、奴らの目的とおいらたちの旅の目的はまったく逆なんだよな」

ううむ、と二人は唸る。私も、これぱっかりはいくら考えても判らない。

何故、奴らは私をここに来させたくないのか。

「ツヨシやエミーにも少し聞いたんだけどよ。そもそもこの〈岩谷屋〉さんは、外国人の別荘として建てられたって？」

「はい、そうなのです」

イワタニさんが頷いた。

「この北海道の開拓時代に話は遡ります。北海道が開拓された地というのはご存じでございましょうか？」

「おう、知ってるぜ」

「でしたらお話が早いです。その当時、外国の新しい技術を導入するために、たくさんの外国人の方が北海道にやって来られました。そして、この町はその当時から、温泉地として知られていたのでございます。札幌にやってきた開拓の政府関係者も多く出入りしていたのですよ」

「なるほど」

イワタニさんは、庭の方を見た。

「まだご紹介してはいませんが、私の父がおります」

「チノスケさんだね？」

そうです、と頷いた。

「父はまだ若い頃、ここに家を建てた外国人の、ベルさんに雇われたのですよ」

「ベルさん？」

イギリスの方だと聞いています、とイワタニさんが続けた。

「なんでも、工業関係の技術者だったらしいのですが、詳しいことはもう判りません。父も下働きとして雇われただけの岩者だったので、滅多に会うこともなかったそうです。ベルさんは住んでいたわけではなく、別荘として建てたらしいので」

「けっこうな金持ちだったってぇことかな。そのベルさんは」

「そうなのでしょうね」

ケイザン和尚も頷いた。

「私も父から聞いた話なんですがね」

「おう」

「その当時北海道にやってきたお雇い外国人の中には、それこそ学校の教科書にも載る有名な方もたくさんいらっしゃるんですよ。でも、ベルさんはそういう有名な方と一緒にやってきた無名の人物の一人らしくてね。大きな記録には残っていないみたいですね」

なるほど。

「無名でも、ひょっとしたら国ではいいとこの坊ちゃんだったってことかい。こんな別荘を建てられるんだから」

「そうなのでしょうか」

ところが、とイワタニさんは少し顔を顰めた。

「父が言うには、今から六十年ほど前の話です。大正時代ですね。わかりますでしょうか？」

「聞いたことはあるぜ。ニッポンの年号だろう？　メイジ、タイショウときて、今はショウワだ」

「そうです。ベルさんは日本を気に入り、お雇い外国人としての契約が終わってからも日本に滞在し続けていたそうです。けれども、ベルさんはある日行方不明になったと聞いています」

「行方不明？」

「熊にやられたのではないかと、噂になったそうです」

なんと。

「当時、この町に住んでいた皆で、山を探したそうです。そこで、ベルさんの血染めの服は見つかったそうなんですが、残念ながらご遺体までは見つからなかったと」

「そうかい、そんなことが」

その当時はここにもまだたくさんの野生動物がいたんでしょうな、とケイザン和尚が言う。今でこそ、熊の出没はほとんどなく、年に一回目撃されるかされないかぐらいらしい。

「それで、チノスケさんはここを手に入れて、温泉旅館にしたってわけかい」

「そう聞いております」

いろいろと紆余曲折はあったそうだが、それはあまりにも細かい話だ、詳細はチノスケさんに聞くしかないのだが。

「エミーの話じゃあ、寝たきりになっているとか」

「そうなのです」

イワタニさんは小さく溜息をついた。

「私たちのこともほとんどわからなくなっています。祐也を私と間違ったり、恵美を母と間違ったり、私をベルさんと勘違いしたり」

「そりゃあ」

大変なことだ。

私はオ・ヴィラのカサジマ家を思い出していた。痴呆《ちほう》が始まっていたお祖母《ばあ》さんであるトキさんはどうしているだろうか。家族の苦労もいろいろあるだろう。そう言うとイワタニさんも頷いた。

「家族でやっている旅館でございますから、私の妻も忙しい身です。なかなか身を入れて父の世話も出来ません。そろそろ施設に預けようかという話もしているのですが」

「チノスケさんの奥さんは？」

つまり、イワタニさんのお母さんだが。

「母は、美津《みつ》という名前でしたが、私がまだ小さい頃に他界しています。父は私を男手ひとつで育ててくれたのですよ」

「そうだったかい」

チノスケさんもまた苦労人だったということだろう。

もうひとつ確認すべきことがあった。

「カネザネさん、ってのは？」

イワタニさんが少し怪訝《けげん》な顔をした。

「どうしてその名前を？」

「いや、実はね、托鉢僧の格好をしてここの様子を見に来たときによ、偶然ここから出てくるとこを見たんだよ」

温泉旅館におよそそぐわない雰囲気だったので不思議に思い、エミーに確認したと素直に話すと、イワタニさんは苦笑いした。

「ちょうど、その話をしに来たところだったのです」

「その話？」

そうです、とイワタニさんは頷いた。

「父を施設に入れる話です」

チノスケさんを？

「兼実観光開発の会長さん、俊道《としみち》さんは父の親友です。まだまだお元気なのですが、父と同じくもう八十一歳のご高齢です。自分が入る予定の完全介護施設もある老人ホームに一足先に父をいれた方がいいと言われましてね。俊道さんの息子である健一さんがその相談に来てくれたのですよ」

ひょっとしたら藪蛇《やぶへび》になるかもしれない。しかし、ここで訊いておくべきタイミングだと判断した。

「なんでも、買収の話があるってぇのをエミーが言ってましたがね」

イワタニさんはまた苦笑いをする。

「それはもう随分以前から、健一さんに言われているのですよ。季節の挨拶みたいなものです」

ここ〈岩谷屋〉はこの町でいちばん古い伝統ある温泉旅館ではあるが、施設が立派なわけではない。ただ、古いというだけの旅館だと続けた。

「恥ずかしながら、経営がさほど安定しているわけでもございません。兼実さんは、今の建物を生かして、もっと高級旅館に衣替えすれば今の時流に乗ると、前から言ってましてね」

「しかし、イワタニさんにその気はない？」

「父が生きている間は」

ベルさんから預かった大切な建物に手を入れることはまかりならん。それがチノスケさんの口癖だったそうだ。

「私は、今のままで続けていく覚悟をしています。しかし、三代目を祐也にするのは事実。祐也が、その後どうするかは自由です」

「エドんところと合併するのも、カネザネさんに売るのも、このままやっていくのも任せるってぇことかい」

「そう考えております」

しかし、とイワタニさんは微笑む。

「私はまだ引退するような年齢ではございませんから」

そうだろう。それに、こういうイワタニさんだからこそ、この状態でも今までやってこられたのではないかと思う。主に一本芯が通っていれば、自然とそれは働く人間に伝わっていくものだ。

「ちょいと物騒な話ですがね、そのカネザネさんに脅されてるとかそういうことはねぇんですかい」

笑った。

「流行《はや》りの地上げですか」

地上げというのは何か。訊くと、最近日本では景気が良くて強引な手段で土地や建築物を売買するような事例が増えているという。そういうのを地上げというらしい。

「確かに兼実さんも観光開発をする以上はそういうような仕事もあるらしいのですが、私のところとは関係は良好です。なんといっても、父と兼実さんは昔からの、それこそベルさんがまだ生きていた頃からの友人ですから」

そうか。

「ベルさんとはカネザネさんの会長さんも知り合いだったのかい」

イワタニさんは頷いた。

「現会長の兼実俊道さんは、その昔は北海道庁のお役人だったという話ですよ」

頷き、私はまた煙草に火を点けた。これで知りたかったことはだいたい判ったわけだ。煙を吐く。

しばしの間、三人とも無言だった。襖が開いて、ユウヤが現われた。

「ザンティピーさん」

「おう」

「ファックスは送りました。それと旅館の人間には、全員にパットさんはまだ滞在していると口裏を合わせるように確認しました。あのタクシーの運転手さんにも、含めておきました」

「そうかい。ありがとよ」

にこりとユウヤは笑う。その笑顔もいい。エミーも笑顔が可愛い子だが、ユウヤもまたいい。頭の中で想像したが、パットとユウヤが並んでも実に似合うのではないかと。

煙を吐き、頭の中を整理する。

〈イースト・ヘブン・ホットタブ〉のエド・ヒースウッドから依頼されたこの件。

その昔にこの地にやってきたベルというイギリス人が建てた古き旅館の〈岩谷屋〉。旅館として経営を始めたのはチノスケさん。その息子のトモノリさんに、さらに孫のユウヤ。

チノスケさんの親友だというトシミチ・カネザネさん。彼らはここを買おうとしている。しかしそれは敵対的なものではなく、しごく友好的なものだという。

逃げ出してしまったパット。その恋人が一緒にやってきたというのは仮説でしかないが、ほぼ確実なことだろう。それ以外は考えられない。

どこだ。

どこに、何があるんだ。

私をこの〈岩谷屋〉から遠ざけたかった奴らの目的は何なのだ。

考え込む私を見つめるイワタニさん、そしてユウヤの顔を見た。ケイザン和尚も何事かを考えている。

ふいに、その考えが頭の中に浮かんできた。

考えというほどでもない。

単なる思いつきだ。

しかし、訳のわからない事態に見舞われたときの思いつきほど、貴重なものはない。

私は過去に何度もその思いつきのお蔭で事件を解決してきているのだ。

直感だ。

探偵としての。

調べてみる価値はある。

7

「やぁ、懐かしいぜ」

ほんの一年前だというのに、随分と経っているような気がする。晴れて良かった。

またこの駅舎からの景色を存分に眺めることが出来た。

オ・ヴィラの鉄道駅。アメリカでは木造の物置きのサイズでしかないような小さな駅舎。色褪《いろあ》せた赤いトタン屋根。改札を出てすぐ小さな待合室。木のベンチもそのまだ。どれもこれもが、年月を経て黒光りをし渋味を醸《かも》し出している。

違うのは、去年の夏のように降り注ぐような蟬《せみ》の声が無いだけだ。

「お？」

手を振って、自転車でこっちに向かって走ってくるのは、ジュンではないか。

「ザンティピーさん！」

「ジュン！」

まるでドリフトをするように自転車を停めて、ジュンは私に向かって笑顔を見せた。

「大きくなったじゃねぇか」

「そう？」

しかし、今日は月曜日のはずだ。時刻はまだ昼前。学校はどうしたのか訊くとちょうど創立記念日で休みだとジュンは言う。今朝になって私が来ると聞いて、迎えに来たんだと。

「マコちゃんは中学生になったから学校に行ってるけどね」

「そうかい」

「ゼッタイ、帰ってくるまで居てねって言ってた」

マコは中学生になったか。きっと大人っぽくなっていることだろう。五年生から六年生になったジュンでさえ、一年前とは見違えるほどに子供っぽさが抜けてきている。たくましい少年の顔つきになってきた。

「残念だな。用事を済ませたらすぐに戻らなきゃならねぇんだ」

「うん」

それは、事前の電話でサンディに伝えておいた。

「でもよ、片づいたら、ニューヨークに戻る前に必ず寄るからって、マコに言っといてくれ」

「わかった。サンディさんも待ってるよ」

「おう」

それで、あの二人は、と確認した。ジュンは頷いた。

「ちゃんと待ってる」

私は大きく頷いた。

「先生とミッキーはどうだい。しっかり新婚生活は送っているかい」

〈ゆーらっくの湯〉へ向かって歩きながら訊いた。ジュンはにこりと笑う。

「それはわかんないけど、二人とも元気だよ」

「そいつは良かった」

アメリカのお土産を買ってこられなかったのは残念だったが、美味《おい》しそうなお菓子は買ってきた。マコに会えないのは残念だが、これを食べてもらって機嫌を直してもらおう。

オ・ヴィラの〈ゆーらっくの湯〉。

私の妹であるサンディが若女将の温泉旅館だ。一年何ヶ月かぶりに玄関から入ると、すぐそこにあるロビーに、二人の姿があった。

パットと、おそらくはイアン。

椅子に座っていた二人はすぐに立ち上がった。そしてパットが、私に向かって小走りに駆け寄ってきた。

『ザンティピーさん！』

私が微笑むと、すぐに眼が潤んできた。

『泣くことはない。私はこうして無事だ』

心配掛けて済まなかったなと言うと、パットは何度も頷いた。

『ごめんなさい。逃げ出してしまって』

『それも謝ることはない。無理のないことだ』

イアンが、おずおずと私の方へ近づいてきた。

『ミスター・リーブズ』

『ザンティピーでいい』

『ザンティピーさん。イアン・メイリングです。申し訳ありませんでした』

私は、イアンの肩を叩いた。いいってことよ、と、日本語で笑って言いたかったが生憎彼には通じない。

『何も問題はない。君はパットを守ろうとしただけだ』

頷く。なかなかいい眼をした青年だ。少々体格が頼りないような気もするがそれはまぁしょうがない。何より、パットが選んだ青年なのだ。きっと誠実な男なのだろう。彼女を守るためにわざわざ遠い日本までやってきたのだ。その気骨も行動力も良しだ。

サンディが二人に用意してくれた部屋に上がり込んだ。これは単なる偶然なのだが、以前に私が泊まった部屋と同じところだ。

サンディも、一年前とは見違えるほどに若女将としての風格が出て来た。何より、その日本語がさらに上達し、もう私とも完璧に日本語で会話が出来るのには驚いた。

『当然よ』

サンディが笑う。

『厚田先生と実希子さんももうじき来るから』

『わかった』

頼んで済まないが、とサンディに言う。

『二人が来たらすぐに戻らなければならない。私がまたここに来るまで、この二人のことを頼む』

『任しておいて』

パットとイアンは、小さくサンディに向かって頭を下げた。

昨夜、二人がここに来るのではないかと思いつき、ファックスを送っておいた。案の定、二人がここに着いたのは深夜遅くだったそうだ。

パットが唯一、日本で知っている場所。それがここオ・ヴィラだ。私の妹であるサンディが温泉旅館の若女将をしていると詳しく説明したのだから。

ここに来るのではないかと思いついた。

この心優しいパットが、私の生死も判らないままアメリカに帰るはずがない。同時にパットは大学を首席卒業するほど頭も良い女性だ。どこかに隠れてじっとしているよりは、事態を把握できる方向へ向かうはずだと思った。

ならば、パットとイアンが向かうべきはここだと。

パットは私の妹であるサンディに相談すれば、今後どう動けばいいかを決められるのではないかと考えたのだ。それは正解だった。

あまり期待はしていないが、パットに確かめなくてはならないことがある。私が殴られて気絶してから、パットが〈岩谷屋〉に行くまでの間のことだ。

『私を殴った男たちの人相は覚えているか？』

パットは首を横に振った。

『会えば判るかもしれませんけど、彼らの顔を見たのは一瞬だったんです』

パットはレンタカーの中にいた。しかもパンクをして停まっていた車の前方に私は停めたのだ。

『突然車のドアが開いて、運転席に男が乗ってきて、私を〈岩谷屋〉さんの手前まで乗せて行ったんです。そして、〈ザンティピー・リーブズを助けたかったら言う通りにしろ〉と』

それだけだった。突然のことで、恐怖ばかりが先に立ち、何も確認できなかったとパットは言う。さもあらん。そしてそのことで自分を責める必要はまったくない。

『しばらくの間、ここでゆっくりするといい』

パットもイアンも素直に頷いた。

『私はこれから、助っ人を連れてサッポロへ戻る』

『この訳の判らない事態を引き起こしたものは何なのか。ある仮説を立てたのだ。その仮説を検証するためにも日本人の協力者が必要だったのでね。うってつけの協力者がここにいるのだよ』

そう、助っ人だ。

『助っ人？』

まったく私は運が良い。イアンとパットが私を見る。

『結論が出次第、連絡する。そのときは』

ジョーザンキーに戻ってきてもらう。

『そこで、やり直しをしよう』

『やり直し』

『そうだ』

私はエドとの約束を果たさなければならない。私の仕事だ。

『きちんとイワタニさんと話をするのだ。エドとイワタニさんの友情が消えることはないが、ユウヤと君が結婚することはないとな』

微笑むと、パットも頷いた。イアンも力強く頷いた。

☆

「しかし済まねぇな。先生まで学校を休ませちまって」

札幌へ向かう車の中、運転する厚田先生に私は改めてお詫びをした。

「いいんですよ。今年は担任を外れているから、どうにかなるんです」

先生は言う。それならいいのだが。私のせいで先生の立場が悪くなっては、新妻のミッキーにも申し訳ない。そう言うと助手席でミッキーも笑った。

「わくわくしてるんですよ。今度はどんな事件なのかって」

「楽しんじゃあいけねぇな」

去年の夏、ここで私と先生はある事件に巻き込まれた。それは、当事者だけの秘密にした。他の誰にも言えない秘密だ。

「今回もよ、当たり前だけど他言無用だぜ」

「判ってます」

「それで、どこをどう調べれば判るか、あてはあるのかい」

訊くと、先生もミッキーも力強く頷いた。

「私たちの専門ですからね。任せてくださいよ」

ミッキーは大学で国文学をやっていたが、民俗学も学んだ。当然のことながら生まれ故郷である北海道の歴史には詳しい。厚田先生もそうだ。地域の伝承に興味があり、この町の歴史は何もかも把握しているし、それはつまり北海道の歴史にも詳しいということだ。

「日本語が読めりゃあおいら一人でなんとかしたんだがな」

そうなのだ。これから私は調べものをしなければならない。それには日本語での文献を読まなければならない。

私では無理なのだ。この二人ならば、どこをどう調べればいち早くそこに辿《たど》り着けるかきちんと調べ上げてくれる。

北海道開拓における貴重な文書ばかりを集めた北海道立文書館は、これもまた素晴らしい建物だった。なんでも、その当時はここが北海道の政治の中心部だったらしい。なるほどこれは確かに古き良きアメリカ、いや、ヨーロッパの香りもあるのか。いずれにしても西洋式の立派なレンガの建物だ。

北海道に住んでいる人はもちろん、観光客も利用できる。しかし相当に貴重な資料に関しては特別な許可がなければ見られない。

そこは、ミッキーの大学の恩師になんとかしてもらった。

貴重な資料ばかりなので、私たちは三人とも白手袋をしている。

「ベル、というのが名字か名前かも判らないんですよね」

「そうだな」

さほど珍しい名前ではない、が。

「愛称ってぇことも考えられるんだよな」

「サンディちゃんの本名がアレクザンドラのようにね？」

「そういうこった」

ベル、というのが愛称、つまり短縮形で考えられるのはイザベルなど、bellを含む名前だ。

「でもそいつは女性の名前なんだよな」

〈岩谷屋〉の元の建物を建てたのは、ベルさんという名の男なのだ。

「日本人がベルさん、と呼んだとなれば、そこだけがはっきり聞こえたからそうなったってことも考えられますよ」

先生が言う。なるほど。

「おいらがザンテさんと呼ばれるみたいにだな？」

「そういうことです」

そうなると。

「私の友達にベルナールという人がいるわ」

ミッキーが言う。ミッキーはアメリカに留学していたからアメリカ人の友人も多い。むろん、英語もペラペラだ。

「ベルナールってのは、バーナードのフランス読みだよな」

「そうですね。だから外国人が Bernard って発音したら、昔の人ならベルって聞こえてそのままになったかも」

ありえる話だ。厚田先生も頷いた。

「今の実希子の Bernard って発音も、僕にしたら最初のベルしかはっきり聞こえませんよ」

そういうものらしい。耳に聞こえる音というのは、その民族独特のものがある。犬の鳴き声は日本ではワンワンというらしいが、信じられない話だ。犬はbowwowだろうと思ってしまう。鶏にいたってはコケコッコーだとジョンは言っていた。まったく面白いものだ。自分でやろうとは思わないがそういう研究をしている研究者は楽しくて仕方がないのではないか。

「とにかくその辺で調べるしかないわね」

「済まねぇが頼む」

そうなのだ。思いつきとはそれだった。

〈岩谷屋〉と私の共通点はそこしかなかった。

つまり、外国人だ。

まったく縁もゆかりもない私を、何者かは〈岩谷屋〉に近づけないようにした。ならば、〈岩谷屋〉の大元の元。

私と同じ、あの地では外国人であるベルさんを調べるしかないのだ。

幸い彼は〈お雇い外国人〉だったという過去がある。ならば、その手の資料を徹底的に探せば何か出てくるのではないかと考えたのだ。

私を遠ざける理由に結びつく何かが。

ミッキーと厚田先生はひたすら資料をめくっている。

日本語がまったく読めない私は、ただひたすら二人の傍《そば》で待っているしかない。これは非常にもどかしいが、どうしようもない。二人に何かしらのものを見つけてもらわない限りはこれ以上動けないのだから。

見つけてほしいものは、ひょっとしたら大したものではないのかもしれない。しかし、そこにしか突破口が見つけられないのだ。

「しかし」

厚田先生が微笑む。

「ザンティピーさんもなんだか運が悪いですね」

「そう思うかい」

ミッキーも笑う。

「せっかく日本に静養にやってきたのに、こんな事件に巻き込まれるなんて」

まったくだ。

「案外おいらと日本はそういう運命にあるのかもしれねぇな」

「やってくる度に事件に巻き込まれる？」

「そういうこった」

そんな運命などに巻き込まれたくはないが、温泉に入れるのならばそれもいいかとも思う。

「あっ」

ミッキーが思わず声を上げて慌てて口に手を当てた。

「あった？」

隣りに座っていた厚田先生がミッキーの手元の本を覗き込んだ。その表情が変わる。

「これは」

「なんでぇ、どうした」

私も覗き込んだが、生憎と私には日本語はただの模様にしか見えない。何と書いてあるのかさっぱり判らない。

厚田先生は私の顔を見た。

「ザンティピーさん」

「おう」

ミッキーの眉間《みけん》にも皺が寄った。

「なんだってんだよ。そこに何が書いてあるんだ？」

先生は静かに言った。

「ひょっとしたら、大当たりかもしれません」

先生は資料の一部分を示した。むろんそこには日本語が書かれている。先生は机の上のメモ帳に、その日本語を英語に直して書いてくれた。

「ここに書いてある言葉は、これです」

思わず、眼を瞠《みは》った。

「こりゃあ」

まさしく。

「吃驚《びっくり》仰天ってぇやつかい」

8

資料をコピーして、私は厚田先生と一緒にジョーザンキーに向かっていた。ミッキーには列車でオ・ヴィフに向かってもらって、パットとイアンをジョーザンキーまで連れて来てもらうことにした。

突破口が出来たかもしれない。

しかし、まだ判らないことが多すぎる。多すぎるが、あとは当たって砕けろで行くしかないだろう。

「もう少しで着きますよ」

ハンドルを握った厚田先生が言う。

「そのちょいと行った先なんだよ。おいらが頭を殴られて気を失ったのは」

「そうなんですか」

私を殴ったのは、おそらくはカネザネ観光開発の人間だろう。もしくはその関係の、危ない仕事を請け負うような連中だ。

彼らが、私を〈岩谷屋〉に近づけさせないために。いや、正確には、チノスケさんと会わせないようにするためにやったことなのではないかと、仮説を立てた。

想像でしかないのだが、今のところ、そうとしか考えられない。

証拠はない。

確かめるためには、カネザネ観光開発の会長トシミチ・カネザネさん、もしくは現社長のケンイチさんとチノスケさんの眼の前で、私の仮説を、想像したことを披露する以外にない。

そこにはおそらく何らかの悲劇的な事実があるはずだ。子供たちには聞かせられないし、大人でも聞かせる人間を最小限にするしかない。

ひょっとしたら、辛い過去を心の中に閉じ込めておける人間だけを選んで、この資料のコピーを突きつけて話をしなければならないだろう。

まず、イワタニさん。そしてイワタニさんにはカネザネさんを呼んでもらわなければならない。会長だというトシミチさんとその息子のケンイチさんか。ユウヤは、いない方がいいだろう。

問題はチノスケさんなのだ。寝たきりになっているというチノスケさんは果たして話ができるのか。イワタニさんの話を聞く分には無理かもしれない。そうすると何もかもがうやむやになってしまう可能性もある。

「うやむやにされたらどうします？」

先生が訊いた。

「まぁ、させねぇよ。おいらがあの洞穴に閉じ込められたのは事実なんだからよ」

それは、ツヨシとケイザン和尚が証明してくれる。しかしツヨシをこの話し合いに参加させるわけにはいかないので、ケイザン和尚だけか。そのメンツでなんとか話を付けなければならないだろう。パットとイアンには別室で待ってもらって、後で適当に話をごまかしておけばいい。

しかし、と先生は言う。

「ザンティピーさんにしてみれば、本当に迷惑な話ですよね」

「まったくよ」

言ってみれば、人違いだ。

いや、人違いというわけではないのだが、まぁ同じようなものだ。

私はあの洞穴で目覚めてどうしてこんなことになったのかを考えたとき、人違いではないかと仮説を立てた。それは当たらずとも遠からじというわけだ。

「そこだよ先生。そこに車が停まっていて頭を殴られて」

私は指差した。後続車がいないのだろう。先生はブレーキを少し掛けて車をゆっくり走らせた。

「そうしてあそこが、おいらが放り込まれた洞穴に」

また指差して先生に説明しようとしたとき、洞穴に向かう山道を指差したとき、唐突にそれが頭に浮かんできて言葉が止まってしまった。

身体も固まってしまった。

「どうしたんですか？」

先生が訊く。

「ちょ、ちょっと停まってくれねぇか！」

先生が慌てて車を脇に寄せて停めた。私は、頭を抱え込んだ。

「どうしたんです！」

頭の中の仮説がものすごい勢いで崩れていって、さらに再構築されていた。

「まいった」

「何がです」

「厚田先生よ」

「はい」

「おいらはとんだ間抜けかもしれねぇな」

答えは眼の前に転がっていたのではないか？

最初から。

そうだ、そうなのだ。

わざわざ用意してくれていたのだ。

しかし、何故だ？

何故、用意しておいた？

「ザンティピーさん」

先生が心配そうな声を出す。

「どうしたんですか？」

「もうちょいと、待ってくれ」

確かめるべきなのか？　むろん、それは想定していた事態だが、何故わざわざ私にその事実を与えようとしたのか。

判らない。

判らないが、やるしかないか。

「先生よ」

「はい」

私は厚田先生の顔を見た。

「去年の夏はびっくりしたよな」

突然そんなことを言われて、先生はそれこそ少し驚いた顔をした。

「そうですね」

「二人で、あのオンハマでよ、人骨を、しゃれこうべを見つけてよ」

「まったくです」

苦笑いした。これも秘密だ。墓の中まで持っていく秘密。

「また探してみねぇか？」

「え？」

先生はきょとんとする。

「何をですか?」

ひょっとしたら。

「人骨を」

☆

車は、ここらでいちばん大きなホテルの駐車場に置かせてもらった。申し訳ないが、後で何か言われたらイソタニさんになんとかしてもらおう。

二人で、歩いて山の中に入っていった。

ツヨシに教えてもらった近道だ。けもの道とも言えない急な道を、息を切らしながら登って行く。

「ここだよ、先生」

洞穴だ。

「こんなところに閉じ込められたんですか」

「まったくひでぇ目にあったよ」

先生は懐中電灯を点けて、その中を照らした。

「本当にあるんですか？」

「たぶんな」

調べてみるしかない。二人で、穴の中に入り込んだ。空気はいきなりひんやりとする。

「なんだかもう懐かしい気がするぜ」

「こんな中で夜を過ごすなんて、考えたくないですね」

まぁ腹を括ってしまえばなんとかなるものだ。入口付近には届いていた陽の光も、少し進めばほとんど届かなくなる。懐中電灯の明かりを頼りに歩いて行くと、簀子が見えた。そこに、手錠や鎖もそのままおいてある。毛布も、それから私が食べたパンの袋も飲料の缶もそのまま置いてある。

それとは知らない先生がそこを照らす。

「ザンティピーさんを閉じ込めた連中は焦っているでしょうね」

「いや」

間違いない。奴らにとってはそれは想定内だったはずだ。

私がここを自力で脱出することは。何故なら私がいなくなって、慌ててこれらのものを動かした様子はまったくなかったのだから。

「先生、あそこだ。奥を照らしてくれよ」

光が動く。

「あぁ」

先生が声を上げた。

「確かに、祠のような感じですね」

二人で近づく。

「一応、手を合わせておきましょう」

「そいつがいいな」

懐中電灯を地面に置いて、二人で手を合わせて拝んだ。先生が心の中でなんと言ったかは判らないが、私は願っておいた。死者に対する願いは、おそらく万国共通だ。安らかに眠ってください、と。

「よし」

先生に照らしてもらって、私が手を伸ばした。祠と言ったがはっきりそういう形をしているわけではない。木の箱のようなものだ。それも、触れば崩れそうなほど古いものだ。

「これが、蓋かな」

そっと持ち上げてみた。上がった。先生の持ったライトが、中を照らす。

先生の溜息が漏れた。

「慣れっこになっちまったな先生」

「慣れたくないですよ」

去年の夏と、この秋。二人で見つけた四個目のしゃれこうべがそこにあった。

「これが、ベルさんなんでしょうね」

「たぶんな」

その昔、あの〈岩谷屋〉を建てて、行方不明になってしまった人物。熊に襲われて食われたのだろうとされた人物だ。間違いない。

「もう一度、手を合わせておきましょう」

先生が言った。

迷わずに成仏してくださいと。

「まぁ、まんざらおいらに関係がないわけでもないしな」

この、ベルさんは。

☆

いったん町まで下りて厚田先生に〈北辰寺〉に電話をしてもらい、テッシン和尚と話してもらい、誰にも内緒で話ができる会合の場所を決めてもらった。最初に電話に出たのはケイザン和尚だったそうだから、厚田先生と一緒でよかった。

ケイザン和尚には申し訳ないが、予定変更だ。まだ彼には話せない。何もかも明らかになるまでは。

テッシン和尚は、見つからないように裏のルートを通って、寺の裏側にある庵《いおり》に来てくれと言った。その場所は知っていた。林の中にまるで隠れ家のようにひっそりと佇《たたず》む、実に趣のある建物だった。茅葺き屋根は苔生《こけむ》し、黒ずんだ戸板は長い年月を感じさせる。なんでもここにはテッシン和尚以外、誰も来ないと言う。

林の中を隠れながら進み、庵についで戸を開けると、そこは土間と小さな和室しかない空間だった。

「どうぞ、遠慮なく」

テッシン和尚は、床の間に置かれた小さな仏像に向かって、入口には背を向けて座っていた。

「お邪魔しますよ」

靴を脱ぎ、上がる。そこでくるりとテッシン和尚は私たちに向き直った。用意されて二枚並んで置かれていた座布団に私と厚田先生は座った。

「テッシン和尚。彼はね、おいらの妹のサンディの義理の弟なんですよ。年は上なんだけどね」

そう。サンディが結婚したのはミッキーの兄のリュウイチ。先生はミッキーと結婚したからそうなるのだ。

「厚田義男《よしお》と申します。小学校の教師をやっています」

「鉄心でございます」

二人とも深々と頭を下げた。

「先生にはね、ちょいと調べものを手伝ってもらいましてね」

「さようですか」

相変わらずテッシン和尚の表情の変化がよく判らない。深い皺が刻まれ、細い眼は開いてるのか開いてないのか。

この人も、八十を超えている。しかし、身体から滲み出る雰囲気はまだはっきりとしている。

「テッシン和尚」

小さく頷いた。

「おいらはね、どうやら、おいらを殴ってあの洞穴に放り込んだ連中の正体を突き止めて、おまけにその理由にもほぼ思い当たったと思うんですよ」

また和尚は小さく頷く。

驚きも何もしない。

「話を聞いてもらえますかね？」

「拙僧でよければ、なんなりと」

覚悟を決めているのだろう。

「突然ですがね。和尚」

「なんですかな」

「あんたは〈岩谷屋〉さんの元になった家を建てたベルさんてぇ人物と面識があったね？」

「ございましたな」

そうだろう。そうでなきゃならない。

「そうして、あんたは〈岩谷屋〉さんの創業者のチノスケさんや、カネザネ観光開発の会長トシミチさんと、友人だね？」

年が近い。そうでなければおかしい。

「もちろんですな」

それを確かめなければ話が進まなかった。

「テッシン和尚」

小さく頷いた。

「まず、おいらを洞穴に放り込んだ理由はね、〈岩谷屋〉さんの創業者、チノスケさんにおいらを会わせたくなかったからなんですよ。だから、着く前においらを襲って、洞穴に放り込んだ。それを命じた奴はね」

和尚はやはり身動きひとつしない。

「あんただと、おいらは睨《にら》んでいるんですけどね。どうです?」

ほんの少し、瞼《まぶた》が動いた。

「でもよ、どうして今まで一面識もないおいらとチノスケさんを会わせたくないのか、皆目見当がつかなかったんだけどよ。どうやらこいつが鍵になるんじゃねぇかと思ってね。こいつは」

先生がコピーしてくれた資料を、私はテッシン和尚の眼の前に置いた。

「この北海道の開拓時代にやってきて、ジョーザンキーにあの家を、〈岩谷屋〉さんの元になったものを建てた人物の本名が書いてあるんですよ」

彼の名は。

「バーナード・リーブズ」

日本語風な発音で、はっきりと私は言った。

「そいつが、ベルさんの本名だったたってわけさ」

リーブズ。

私と同じ姓を持つ人間だったのだ。

テッシン和尚が最初に私と会ったときに、御先祖はと訊いたのは、単にお坊さんの習慣とかではなかったのだろう。

このことを示していたのだ。

確かめようと、いや違う。

「あんたは端《はな》っからおいらに何かを伝えようって思っていたんだろう？　違うかい？」

言ってみれば、答えは最初から私の眼の前にあったのだ。

和尚は、微かに頷いた。

そうして、ゆっくりと動いて、懐のところに差してあったものをそっと取り出して、私の前に置いた。

「こいつは？」

「千野介が書いたものですな」

「チノスケさんが」

日本紙に包まれたものだ。

「読んでみなされ」

　私はそれを手にしたが、生憎と日本語は読めない。隣りに座っている先生に渡した。先生は頷いてそれを広げた。広げた紙の中に、また紙が入っていた。今度は相当古びた紙だ。厚田先生はそれを慎重に開いた。

日本語が墨で書かれている。まったく私には見当もつかないが、おそらく達筆なのだろう。

「かなりの達筆なので、ちょっと判読し辛いところもあるんですけど」

「構わねぇよ。判るところだけ読んでくんな」

　先生は頷いた。

「〈これは、岩谷千野介が一人でしたためる〉。そう始まっています。〈岩谷家の人間は例外なくこの文言に従わなければならない〉とも書いてありますね」

　続けますよ、と先生は言った。

「〈もし、この後の世に、〈岩谷屋〉に〈リーブズ〉と名乗る外国籍の人間が現われた場合、岩谷家の人間はいかなる不都合があろうとも、不利益があろうとも、そのリーブズ家の人間に〈岩谷屋〉の全てを譲るべし。岩谷千野介〉」

　そこまで読んで、先生は顔を上げた。

「ザンティピーさん」

驚かなかった。

「予想通りだったな先生」

テッシン和尚が、初めて表情を見せた。

少しおかしそうに微笑んだ。

「予想していなさったか。大したもんですな探偵さんというのは」

「褒められても困るってもんさ」

大した推理ではない。自明の理というものだ。

「何故、そこまで判りなすった」

「おいらを襲った奴らの目的は、おいらを〈岩谷屋〉さんに行かせないことだ。何故行かせたくないのか？　それはつまり〈岩谷屋〉さんの誰かに会わせたくないってこった。誰かに会っちまうとそいつらに不利益なことが生じるからさ」

そこまではすぐ思いつく。

「さらに、おいらを閉じ込めた男は〈二、三日〉なんてヒントまでくれた。二、三日閉じ込めておけば事態が好転するってぇことは、その会わせたくない誰かが〈岩谷屋〉さんからいなくなるってこった。二、三日のうちに〈岩谷屋〉さんから移動して、おいらに会わなくて済む人物ってぇのは、可能性があるのは一人しかいねぇってことも判った」

「千野介、ですな」

「そういうこった」

カネザネさんは、チノスケさんを老人ホームに入れたがっていたのだ。

「むろん、不利益なことが生じる程に大きな影響力を与えるのも、チノスケさんしかいないってこったね。そしてああいう商売をやってて引退した老人が、大きな影響力を及ぼすものって言えばよ、それはもうアメリカも日本も同じってもんだ。すなわち」

「遺言、ですな」

テッシン和尚が頷きながらそう言った。

「そうよ。遺言よ。チノスケさんは何かしらのとんでもねぇことが書かれた遺言を抱えているんじゃねぇかってな。少し考えりゃあ思いつくものさ。ところがよ、その遺言がどうやっておいらに結びつくのかさっぱりわからねぇ。だけどよ」

家族にまで隠す遺言に、何かしらの悲劇的な要素が結びつくのもよくある話だ。

「じゃあよ、〈岩谷家〉の悲劇はなんだ？　しかもおいらに関係するたぁどういうことよ？　そうなるともう結びつけるのは、おいらと同じ外国人っていう共通点を持つベルさんしかいねぇじゃねぇか。しかもベルさんはチノスケさんの雇い主で、熊に襲われて行方不明になったってぇ話だ。そこしかねぇと思ったさ」

私は、資料のコピーを床に滑らせた。

「こいつが出て来た」

開拓当時、イギリスからやってきた技術者にバーナード・リーブズという人物がいたという資料。

彼がこの地に家を建てたという記述もあった。

「これだ、と思ったね」

確認は出来なかったが、バーナード・リーブズはフランス系のイギリス人だったのではないか。自分の名前をバーナード、ではなくベルナールという風に発音したのだ。だから、皆はベルさんと呼んだ。

「悲劇ってのはよ、バーナード・リーブズは熊に食い殺されたんじゃなく、人間に殺されたんだよテッシン和尚。そしてよ、おそらくはチノスケさんが殺した」

いや、ひょっとしたら不幸な事故だったのかもしれない。それは、チノスケさんに訊いてみなければわからない。

「チノスケさんはよ、その罪を抱え込んだまま〈岩谷屋〉さんを作ったんじゃねぇのか？　その罪の意識からよ、ひょっとしたら将来、ベルさん、つまりバーナードの家族が、〈リーブズ〉の姓を持つ人間が、ここまでやってくるかもしれない。そのときには、せめてもの詫びにここを譲ろうってぇ考えて」

私は先生がまだ手に持っている遺言を示した。

「こいつを書いたのさ」

なるほど、とテッシン和尚は頷く。

「そしてよ、カネザネさんは、チノスケさんと友人だったトシミチ・カネザネさんはこの遺言の存在を知っていたんじゃねぇかな。そうして、おいらがパットと一緒にやってくることを知った。まさか本当に今ごろバーナード・リーブズの子孫が尋ねてくるとは思えねぇけど、確認して藪蛇になっても困るってもんだ。なんたってトシミチ・カネザネさんはここを買収したいって考えてんだからよ」

だから、私をあの洞穴に放り込んだ。

「そうしておいて、イワタニさんを説得して、チノスケさんを老人ホームに入れようとしたんだ。おいらと会わせないようにな。いくら惚《ぼ》けていたって、おいらの名前を本人から聞かされたら、外国人が眼の前に立ったら、その途端に頭の働きが良くなるかもしれねぇってな。たぶんよ、この遺言状の存在はよ、チノスケさんと仲の良かったトシミチ・カネザネさんしか知らねぇんじゃねぇのかな。イワタニさんは知らねぇんだよ」

それはもう確実だ。何故なら、イワタニさんは私の名前を聞いても何とも思わなかったのだから。

テッシン和尚は、ゆっくり頷き、言った。

「ならば何故、拙僧のところに来たのですかな？　俊道にその話をした方が良いのではないかな」

「そこよ」

最初は、そう考えていたのだ。黒幕は、〈岩谷屋〉を手に入れようとしているカネザネ観光開発だと。

「でもよぉ、それじゃああおかしいんだ。いや、おかしいことにさっき気づいちまったんだよ」

「どこが、おかしいのですかな」

全部だった。

まったくマンハッタン一の探偵が聞いて呆《あき》れる。

「いいかい和尚。カネザネ観光開発が、トシミチ・カネザネさんが、チノスケさんを老人ホームに入れるタイムラグの間、おいらを監禁しておくのに、あんな山の中の洞穴に入れておく必要はまったくねぇのさ」

そうなのだ。どうして最初にそれに気づかなかったのか。

「自分たちの会社やどこかのマンションの一室でいいんだよ。さるぐつわでもしておきゃあ騒ぎもしねぇ。車で運んでエレベーターで運んだ方が楽なんだ。わざわざあんな山道をおいらみたいな大男をかついで登るなんて苦労をしなくていいんだよ」

犯罪を企てる者は、基本的に楽な方法を選ぶものだ。わざわざ、困難な道は選ばない。成功率が低くなるからだ。

「あの場所は」

私を殴って気絶させた道路の位置は。

「そこから洞穴に運ぶのにいちばんいい場所だったのさ。そうして洞穴はよ」

この〈北辰寺〉から見張るのにちょうどいい場所だった。

さらには。

「バーナード・リーブズが人知れず眠っている場所だったよな。ベルさんをあそこに葬ったのは、あんたなんだろう？　テッシン和尚」

小さく息を吐くようにして、和尚は頷いた。

「そのことはケイザン和尚はまるで知らない風だった。ありゃあ演技じゃねぇ。もちろんツヨシも。そもそもよ、ツヨシやケイザン和尚は、おいらがあそこに放り込まれたことにすぐ気づくように仕組まれていたんだよ」

そうなのだ。

「おいらが運び込まれたとき、まだ若干外は明るかった。おかしいだろ？　本当に人に見つからないようにするには夜中に運び込まなきゃならないものをそうしなかったんだ。しかも、ツヨシが言っていたように、寺からよく見えるように懐中電灯を洞穴に入る前から振り回していた。そもそも秘密であるはずのバーナード・リーブズが眠っている場所に放り込むこと自体がおかしい。そのままおいらを殺すんだったら判るけどよ。おいらを生かしておいた。わざわざ自分の罪をおいらに知らせるようなもんさ。ってことは、テッシン和尚」

ケイザン和尚ではない。もちろんツヨシでもない。そんなことをするのは、あなたしかいないのだ。

「何らかの目的を持って、おいらを殴って気絶させて、洞穴に運ばせた黒幕はあんたってことになる」

私に食料を運んできていた男たちが、妙に気楽だったのもそのせいだ。あれはプロではなかった。まぁ私を一撃で気絶させた手際を考えると武道の心得か何かがあるのかもしれないが。

「あんたに頼まれた、口の堅いここの檀家さんたちかなんかじゃないか。逃げられてもいい、大したことじゃない。ちょいと懲らしめるために仕組んだことなんだとあんたに頼まれていたから。あんなに気楽な様子だったのさ」

チノスケさんの友人は、カネザネさんだけじゃなかった。遺言のことを知っていたのは。

「あんたも、チノスケさんとは長い付き合いなんだ。何もかも知っていたんだ。そうなんだろう？　テッシン和尚」

和尚は、長く深い溜息をついた。

「その通りですな」

真っ直ぐ私を見る。さっきから私と先生はあちこち身体を動かしているのだが、テッシン和尚は正座したまま微動だにしない。これも、修行のたまものなのだろう。

「聞かせてくれよ和尚。おいらにはまだ疑問に、いや違うな、ひょっとしたら隠された何かがあるんじゃねぇかって思っていることがあるのさ」

「何ですかな」

「イワタニさんの容姿だ」

隣りの厚田先生が、容姿？　と呟いた。

「先生は会ってねぇからわかんねぇだろうけどよ。イワタニさんも、その息子のユウヤも、そしてエミーもよ、イイ男と可愛い女の子なんだ。特にイワタニさんなんかはよ。鼻筋がこうすうっと通ってよ、日本人離れした顔立ちなんだよ」

「日本人離れ？」

そうなのだ。初めて会ったときにすぐに私は思った。

「こりゃあ、外国人の顔立ちだってな」

「外国人」

もちろん、純粋な日本人の中にもそういう顔立ちの人はいるだろう。いるだろうが。

「イワタニさんは言ってたぜ。本人も別に変に思っていなかったようだけどよ。チノスケさんはボケちまって、ときどき自分とユウヤを間違ったり、ベルさんと白分を間違ったりってな」

和尚の身体がほんの少し動いた。

「おかしいよなぁ？　ボケちまったご老人が、息子と孫を間違えるってのはまぁ判るよな。顔が似てるんだろうからよ。ところが、ベルさんとイワタニさんを間違えるってぇのは、どうよ。赤の他人じゃねぇか。どうして間違えるのか」

言葉を切った。

「そいつぁ、ベルさんとイワタニさんが似てるってこったよな。思うによ、チノスケさんとイワタニさんはまったく似てねぇんじゃないか？　親子なのによ」

それは、何故なのか。

そうして、最大の疑問だ。

「どうしてあんたは、わざと何もかもがおいらに判るように、この秘密を暴けるように仕向けたのかってことさ」

それが、まるで判らない。

テッシン和尚が大きく頷いた。

「何もかも、お話ししましょうかな」


自分たちがまだ十代の若者の頃だと言う。

「千野介には、将来を誓い合った娘がいたのですよ」

「それは、亡くなった奥さんのミツさんかい」

その通り、とテッシン和尚は頷いた。

「美津さんもまた、当時のベルさんの家で下働きをしていたんですな。小柄で、働き者で、愛嬌のあるいい娘さんでしたな。私と千野介と、そうして兼実俊道も皆良き友人じゃったよ。あの時代を、一生懸命に生きていた、仲間でしたなぁ」

私は、ようやくテッシン和尚の顔に、素直な感情表現が出ているような気がしていた。いや、出ている。たくさんの皺の中に、今は柔らかな表情が浮かんでいる。

「古き良き時代ってこったね」

「そういうことですな」

薄く微笑む。

「しかし」

口元が引き締まった。

「悲劇というのは、いつの時代も突然やってくるものですな」

小さく息を吐く。

「ベルさんがな、美津を手込めにしてしまったんじゃよ」

隣りで先生が顔を顰め、拳《こぶし》を握った。予想していた展開とはいえ、気が滅入る。

「ひどい話じゃったがなぁ、あの頃はそんなのはざらにあったと言ってもええ。ましてや美津は雇われた下働きの娘。ベルさんはここら辺りの有力者じゃった。儂《わし》も千野介も、むろん俊道もなぁんも言えんかった。なんにも出来んかった」

和尚の拳も、握られた。

「辛かっただろうね。和尚も」

こくり、と頷いた。

「儂は、まだ半人前の小坊主。力もなんもありゃあせん。ただ、ただただ泣き暮らす美津を言葉で慰めることしか出来なくてな。己の無力を嘆いたもんじゃて」

そうして。

「美津は、妊娠していることがわかった」

バーナードの子供か。

「するってぇと、チノスケさんは、それでもミツさんと結婚した」

「そうじゃ」

千野介は立派だったとテッシン和尚は続けた。

「たとえ生まれてくる子はベルさんの子供でも、自分の子供としてしっかり育てるとな。あの当時のこと、外国人との間の子供を育てること自体がなかなか難しいことじゃった。それでも、千野介はやると言ったんじゃよ。大した男だった」

生まれてきたイワタニさんは、幸いにも髪の毛は黒かった。眼の色も、多少日本人より薄い色をしていたが、大したことはなかった。

「顔立ちこそ日本人離れはしとったがな。なに、それぐらいはいくらでもごまかせる。そういやぁじいさんはこんな顔をしていたとか、ごまかせばそれで済むこと。千野介と美津は二人の子供としてしっかり育てようと思っていたんじゃよ。間違いなく」

和尚が、一休みするように口を閉じた。私と厚田先生は、次に語られる悲劇を予想していた。

「あの日は」

和尚は、また口を閉じる。

「そういえば、ちょうどこの季節じゃったかな。また厳しい冬がやってくる手前の季節。智則が生まれて二ヶ月も経った頃。美津は」

その顔が歪む。

「またしてもベルさんの慰みものにされたんじゃよ。いや、それ以前からも、度々あったのじゃろう。気づかなかった儂の不明じゃ。美津の気持ちは、神経はもうずたずたにされていたのかも知れん」

和尚の細い目が開かれて、私の顔をしっかりと捉えた。

「美津は、寝込んだベルさんを包丁で刺して殺してしまったのだよ。そうして、自分も川に身を投げて」

深く長い溜息が、小さな和室に流れていった。和尚のだけではない。先生も私も、溜息をつくしかなかった。

「そいつを、隠したってぇことかい」

テッシン和尚が頷く。

「何もかも、生まれてきた子供のためじゃった。誰にも知られず、このまま闇に葬り去ろう。そう相談して決めたのは、儂と千野介と俊道の三人じゃったのだよ」

ひとつ、引っ掛かった。

「殺したのを、誰にも知られなかったてぇことはよ、いやそもそも、仏に仕える和尚が闇に葬り去ろうなんてぇことに同意したってぇことは、ひょっとしたら」

和尚が驚いたように苦笑いし、首を横に軽く振った。

「大したものじゃ。さすがアメリカの探偵さんじゃ」

その通り、と続けた。

「ベルさんが美津を手込めにしたのも、慰みものにしたのも、殺されたのも、場所はここ〈北辰寺〉の一室じゃった。それを知ってて部屋を貸していたのは、儂の父だったのだよザンティピーさん」

何ということか。先生が拳で自分の腿《もも》の辺りを叩いた。

「儂も、深い罪を犯していたのだよザンティピーさん。仏に仕える身でありながら、我が身可愛さに、自分の親のやったことを、自分のしたことを、大きな大きな罪を隠して今まで生きてきた」

それでも、と、和尚が続ける。

「千野介は、偉かった。子供のために美津の罪を隠しながらも、せめてもの罪滅ぼしと、この遺書を何回も何回も書き直しながらずっと持っていたのだ。儂と俊道以外の誰にも話さずに。ここにあるのは、もう何十年も前に書いたものを儂が密《ひそ》かに取っておいたものじゃよ。しかしな、ザンティピーさん」

私の顔を見た。

「千野介には何の罪もないのだ。確かに自分の妻がベルさんを殺してしまったのは事実だが、それを誰が責められる？」

「もしおいらがその場にいたら、和尚たちと仲間になったことだろうよ。隠せってな」

だからなのだよ、と和尚が言う。

「何も知らない智則のアメリカの友人から手紙が届いた。若いアメリカ人の娘さんがやってくるという。しかも祐也の嫁さん候補だと。それはまぁどうなることかわからんが、目出度《めでた》いことじゃ。既にほとんど物事の判断がつかなくなっている千野介は別として、儂と俊道も喜んだ。だが」

「その手紙には、もう一人やってくるってぇ書いてあったんだよな。ザンティピー・リーブズってぇ、あんたたちにはまるで死の使いのような名前を持った男が」

「そういうことじゃな」

言い出したのは、トシミチさんだそうだ。

「なんとしても、ザンティピーさんを千野介に会わせてはならない。ボケているとはいえ〈リーブズ〉の名を聞いた瞬間に千野介が正気に戻らないとも限らない。この」

遺言状を指差した。

「これを、皆に、見せるかもしれない。ザンティピーという男を襲って監禁しよう。千野介に会わせることだけは阻止しよう。俊道も自分の利益のためではない。何も知らずに平和な生活を送る〈岩谷家〉の皆を守るためにもそうしようと。しかし儂は反対した。これ以上罪を重ねるわけにはいかない。全てを流れに任せるべきだと。ザンティピーさんがベルさんの子孫とは限らん。ただの偶然かも知れない。そう言ったのだが、俊道は聞かなかった。自分一人でもやると」

そうなると、と続けた。

「俊道は仕事柄荒っぽい連中との繋がりもある。過《あやま》って、ザンティピーさんを傷つけてしまうやもしれん。儂はこれ以上の罪を許すわけにはいかんかった」

「それでかい」

和尚は、自分が全てを引き受けると言ったのだ。自分で何もかもやると。

和尚はゆっくり頷いた。

「しかし」

「しかし？」

堪え切れなかったのだ、と、和尚は言う。

「あんたの言う通りじゃよ。何もかも、あんたに気づいてもらえるように緩くしたのは儂の意志じゃ。あんたに気づいてもらうのがいちばんではないかと考えた。儂も千野介も俊道も老い先短い。この罪を抱えたまま、秘密にしたままでは往生も出来ん。だから、あんたに何もかも儂らの過去を、暴いてもらおうとした。なぜならば、自分の口からは、僧であるこの儂の口からは尚のこと、人生の友として長年生きてきた彼らの罪を、決して、決して」

決して、この口からは、言えんかった。

そういう言葉が小さく聞こえた。


沈黙が流れるという表現があるが、まさに、流れた。この庵ともいうべき小さな和室の中に流れているのは、時間と、沈黙だった。

私は、それを破った。

煙草を取り出し、わざと大きな音を出してオイルライターで火を点けた。

沈黙を乱して、紫煙が流れた。

「テッシン和尚」

和尚は私を見る。

「若輩者のおいらが、お坊さんであるあんたに説教なんかできねぇけどよ。それこそ釈迦に何とかかもしれねぇけどよ」

気持ちは、判る。理解できる。

だが。

「今さらこんなことを暴いて、誰が喜ぶよ。誰が得するよ。悲しむ人間が増えるばっかりじゃねぇか。おいらはよ、あんたの孫のツヨシと友達になったんだぜ？　イワタニさんの娘のエミーともだ。あの可愛い子供たちによ。お前たちのおじいちゃんは罪を犯したんだって、おいらは説明しなきゃならねぇのかい？　冗談じゃねぇよ。おいらはそんな役割はまっぴら御免ってもんだ」

バーナード・リーブズという男が殺されたのは確かかもしれない。

「死んじまえば皆仏ってぇのがあるのかもしれねぇけどよ。バーナード・リーブズは犯罪者だ。とんでもねぇ野郎だ。何度殺したってあきたらねぇよ。あんたの手であやって洞穴の中に納めてもらって拝んでもらっただけでありがてぇと思えってもんだ。バーナードとはたぶん縁もゆかりもねぇけどよ、同じ名字だ。このマンハッタン一の探偵の、おいらが許す。そして」

何よりも、何よりもだ。

「あんたがしなきゃならねぇことは、てめぇの不明を恥じておいらに罪を暴いてもらって、長年のそれを償おうとすることじゃあなくてよ。この先も、その罪をとことん隠して、どんなに苦しかろうがてめぇ一人の胸んなかおさめて、次の世代へ、子供たちへ、本当の仏心ってぇやつを伝えるこっちゃねぇのかよ」

　そうでなくて、なんのための修行なのだ。

「おいらは仏さんがどうとかこれっぽっちも判らねぇよ。でもよ、仏さんてのはあったかい心を持ってるんだろう？　優しい心を持ってるんだろう？　人間誰も持ってるはずのそういう心を、ぐんぐんと大きくしてやるのがあんたたちお坊さんの役目じゃねぇのかよ。悲しんでいる人を慰めて、怒ってる人を宥《なだ》めて、死んだ人の分まで頑張って生きていきましょうってのを、てめぇの子供に、孫に、皆に、それを伝えねぇでなんのためにお坊さんやってんだよ。その禿げ頭は伊達に禿げてんじゃねぇだろうよ」

　テッシン和尚の唇が歪んだ。

　身体がぶるっと震えた。

「それが、人の道ってぇもんじゃねぇのかい」

　細い眼が、しっかりと私を見た。大きく息を吐き、その手が合わさり私に向かった。

「その通り」

　その瞳が、涙で滲んでいた。

「その通りじゃった、ザンティピーさん」

合わせた手を離し、テッシン和尚はそのまま床に手をつき、頭を深く深く下げた。

また、沈黙が流れた。

そして、私にはまだ仕事がある。

「テッシン和尚」

動かない。

「顔を上げて、電話を掛けてくれねぇかな」

ゆっくりと顔を上げた。その頬が濡れていた。

「電話を」

「おうよ。カネザネさんを、会長さんをここに呼んでほしいんだ」

申し訳ないが、会長さんにちょいとした悪者になってもらう。

「バーナードを美津さんが殺したってぇところだけを隠せばいいのさ」

〈リーブズ〉という姓を持つ外国人が現われたなら全てを譲るという遺言状が実在した。それは、行方不明になったのをいいことに千野介さんが〈岩谷屋〉を勝手に作った罪の意識から書いたものだということにすればいい。

それを、カネザネさんは知っていたと。

「カネザネさんは将来あそこを買い取りたいって前から言ってたんだろう？ おいらが本当にベルさんの子孫だったら拙い。だから、イワタニさんに内緒でちょいと荒っぽい方法でおいらを隠したってな。その間にチノスケさんを老人ホームに入れようとしたんだって口裏を合わせてもらえばいいってもんさ」

そう言っては申し訳ないが、老い先短い人生だ。それぐらいの恥を引き受けてもらってもいいだろう。

「そうやってイワタニさんに説明するだけでいいだろうよ。もちろん、ケイザン和尚にもな。パットにはおいらが適当にごまかしておくよ」

皆が何事もなく、この先の人生を過ごしていけるように。

そして、さっさとこの事件を片づけて、温泉にのんびり浸かれるようにだ。

☆

「それでは、どう言えばいいでしょうかね？」

イワタニさんがグラスを持って苦笑いした。

「みんなの健康を願って、で、いいんじゃねぇかい？　なんだか短い間にょ、いろんなことがあったけどよ、過ぎたことは全部水に流して仲良くやりましょうや、ってな」

そう言うと、笑って頷いた。

「では、そういうことで、乾杯！」

皆の声が響いた。特にツヨシとエミーの声が、〈岩谷屋〉の大広間に響いた。

厄払いみたいなもんで、皆で食事をしようと提案したのは私だ。もちろん、何もかもうやむやにしてしまおうという意図もあったのだが、こうして日本の温泉旅館の大広間で宴会というものをしてみたかったのも事実だ。

図らずもそれが実現してしまった。

イワタニさんと奥さん、ユウヤ、そしてエミー、カネザネの会長と社長、駆けつけてくれた厚田先生にミッキー、テッシン和尚と、ケイザン和尚と奥さんとツヨシ、そしてパットにイアン。

実にバラエティに富んだメンバーだ。今まで縁もゆかりもなかった者同士が、こうして酒を飲み、料理に舌鼓を打つ。

日本式の宴会というものをビデオでしか見たことはなかったのだが、こうして実際に参加するとこれは非常に優れたコミュニケーションの手段ではないだろうか。

床に座っているのがいい。人間、座れば心が落ち着くものだ。落ち着いた中でゆっくり話をして盃を交わす。飽きたら場所を移動してまた座って話せばいい。

パットとイアンは皆に祝福された。

わざわざアメリカからやってきて、認めてもらおうとした二人の絆《きずな》の深さにイワタニさんは感心していた。むろん、ユウヤもだ。

まだエドに報告していないが、これはアメリカに帰って、私がきちんとエドに話をすることにした。二人の幸せのために。

結局、〈イースト・ヘブン・ホットタブ〉と〈岩谷屋〉の跡継ぎ同士が結婚して合併するという話はお流れになってしまったのだが、ユウヤとパットはお互いにしっかりと連携して、これから両者の繁栄を築いていこうと約束していた。

イワタニさんは、私が考えてカネザネさんについてもらった嘘で納得した。遺言状の存在には驚いていたが、さもあらんと言っていた。そして、チノスケさんには私のことも内緒にしておくと約束してくれた。同じ名を持つ外国人が現われたことなど、教えなくてもいい。このまま、静かに残り少ない日々を過ごしてもらえばいいのだ。

　貧乏くじを引かせてしまったカネザネさんだが、何もそれで終わったわけではない。〈岩谷屋〉との友情は続いていくのだし、今回の件で〈イースト・ヘブン・ホットタブ〉の次期社長であるパットと知り合いになれた。つまりアメリカにも商売の手を伸ばすきっかけが出来たのだ。それでまぁ良しとしてもらうことにした。

　いちばん可哀相だったのは厚田先生だった。

　またしても私と一緒に骨を探し、そしてまたしても事件の悲劇を、全ての秘密を背負ってしまったのだから。背中に背負う荷物は重くなるばかりだ。

　まぁしかし、あれで厚田先生はかなりのタフガイなのだ。むしろこの状況を楽しんでいる節もある。今回、ここの温泉でのんびりすることで勘弁してもらう。

『日本の料理は美味しいだろう』

　パットに言うと、微笑んで大きく頷いた。

『本当に美味しいです。これはぜひうちでも取り入れたいです』

『じゃあ、滞在中に少しでも教わるといい。新婚生活で作るのにもちょうどいいじゃないか』

イアンの背中を叩くと、恥ずかしそうに笑った。

まったく私は満足していた。

二度目の日本の旅も随分と騒がしくなってしまったが、これはこれでいい。皆が幸せそうな顔をして、楽しんでいるのだから。

エピローグ

マンハッタンが雪で白く染まり、私の事務所のドアの閉まりが悪くなった。

十日間、事務所に戻れなかった。市内にはいたのだが、調査のためにほとんど安ホテルの一室で過ごしていたのだ。それもこの寒さなのにほとんど暖房も効かず、熱いシャワーも出ないようなひどいホテルで。

ようやく調査が終わり、帰ってこられたのにこれだ。

『まったく』

ドアを蹴り飛ばす。

いつも冬になるとこうなのだ。乾燥するのか、あるいは湿り気のせいなのか。コツとしてはまず下を蹴ってそれから上から三分の一辺りを拳で叩くとしっかり閉まる。いつもならそれでなんとかなるのだが、今日はダメだった。どうしても下がしっかりはまらない。

ただでさえ隙間風のせいでヒーターの効率が悪くなっている。この上ドアまで閉まらないようでは足元が寒くてしょうがない。

『毛布でも掛けるか』

私の机はドアに向かって真正面を向いているのだ。大家にはドアを直す義務があるはずなのだが、そんな文句を言うのは家賃をきちんと払ってからにしろと言われる。それは正論だ。正しい。

私は、バートンほどではないにしろ、家賃を溜めることを義務にしているのではないかと常々文句を言われている。そしてもちろん、支払いを待ってくれる寛大な大家に感謝している。

机の上を見た。

メモが二枚。

その一枚に書かれているのは大家の名前だ。

〈家賃をよろしく〉

こうして、メモだけで済ませてくれる心優しい大家。

もう一枚はシモーヌだ。

〈留守中、仕事の依頼の電話はありませんでした。ひもじくなったらいつでも言って

ね。晩ご飯を作りに来るから〉

泣けてきた。

依頼人がない以上、仕事はない。自明の理だ。私は優秀な探偵だと自負しているが、だからといって依頼人が列を作ることはない。今回の仕事も大手の調査会社の下請けなので、支払いは調査書を提出したあと二週間後だ。

『また今月もか』

背に腹は替えられない。食事をしなければ仕事をする体力も得られない。家賃の支払いを三週間ほどまた待ってもらおうと大家に電話をしようとしたときだ。

ドアの磨《す》りガラスのところに人影が立った。慌てて受話器を置いた。ノックがされる。

『どうぞ！』

ドアが、開かない。ガタガタと揺れる。慌てて椅子から飛び上がり、一歩で部屋を横切りドアのノブを摑んで引いた。こんなことで依頼人に逃げられては眼もあてられない。

開いたドアのそこに立っていたのは。

『エド！』

エド・ヒースウッドだった。ニコリと笑い、帽子を取った。
『ドアの建て付け、私が直そうか？』
そうだった。エドは施工も行うのだから、そんなことはお手の物だろう。
『どうしようもなくなったらお願いしますよ。どうぞお入りください』
机の正面に置いた椅子に腰掛け、エドがカバンから出したものは、招待状だった。
人懐こい笑みを広げ、私に手渡した。
『これは？』
『〈ムーン・ハウス〉が完成したんだ。それで、ご招待をしにね』
『わざわざ？』
切手を貼って出せばそれで済むものを。
『君は恩人だからね。実はただの完成披露のご招待ではないんだ』
『と、言うと』
嬉しそうにエドは微笑む。
『パットの結婚式も兼ねている』
なんと。思わず私も笑みがこぼれた。

『イアンとですね？』

『それ以外の男だったら許しませんよ。あんなにザンティピーさんに迷惑を掛けておきながら』

二人で笑った。

『〈ムーン・ハウス〉は本格的な日本式の温泉です。宿泊施設も純和風です。もちろん、〈岩谷屋〉さんを大いに参考にさせてもらってます。ぜひ、お待ちしていますよ』

『純和風か』

エドが帰った後、招待状を広げるとそこにはパンフレットも入っていた。なるほど確かに、今度はアジア風ではなく、日本風の造りになっている。これは期待できそうだ。

しかし、エドには悪いが、いくら日本風に造っても、それはやはり日本風でしかない。温泉は、日本で入ってこそ温泉なのだ。

『まぁいい』

久しぶりに会いに行こう。きっとパットのウエディングドレス姿は美しいに違いない。幸せな様子を見るのは、それだけで心が温かくなる。新婚旅行はまた日本に、今度はハコネの温泉に行くそうだからお土産も頼んでおくか。

そうだ。せっかくだからシモーヌも連れて行ってあげよう。日頃の無給でのアシスタント業に少しでも報いてあげるのも大切だ。


そして、私もまたいつか日本に行こう。

日本の温泉に入りに行くためだと思えば、つまらない調査の日々にだって張りが出るというものだ。

『よし』

シャワーを浴びよう。身体にこびりついた汗と埃を流し、報告書を仕上げよう。その毎日の向こう側に、温泉が待っている。

一歩踏み出したときに、電話が鳴った。

私は勢いよく受話器を取った。

『はい、こちらザンティピー・リーブズ探偵事務所』

この作品は書き下ろしです。原稿枚数269枚（400字詰め）。

探偵《たんてい》ザンティピーの仏心《ぶっしん》

小路《しょうじ》幸也《ゆきや》

平成23年10月15日　初版発行

発行人――石原正康
編集人――永島賞二
発行所――株式会社幻冬舎
〒151-0051東京都渋谷区千駄ヶ谷4-9-7
電話　03(5411)6222(営業)
　　　03(5411)6211(編集)
　振替00120-8-767643
印刷・製本―中央精版印刷株式会社
装丁者――高橋雅之

幻冬舎文庫

ISBN978-4-344-41748-9　C0193　し-27-4